さなぎたち

大早直美

創風社出版

さなぎたち　目次

すれ違う人

一度会うと、忘れられない。誰もがそう思うことだろう。グレーのコートに身を包み、同色の帽子を目深に被り、マスクにサングラス。おそらくマスクは、風邪予防のためでも花粉症対策のためでもなく、サングラスも紫外線避けではないに違いない。そう思うのは、そうしたものの隙間からわずかに覗く男の膚が、火傷の痕ででもあるのだろうか、赤黒く盛り上がっているせいだ。自分の姿を覆い隠すための装い。その身なりの内側には、どんな人生が隠されているのだろうか。すれ違う人は、まるでその人生に関わるのを畏れるかのように、男を避け、歩みを早める。

少し早めに部活を切り上げ、書店を覗いて帰ろう――そんな放課後に、男と出会う。それはどうやら、男の日課らしく、自転車通学の亜紀が書店近くにさしかかったり、書店から出てきたりする頃、男は亜紀とすれ違い、亜紀が来た道を歩き去っていく。

一度目にその風貌に思わず目を取られ、二度、三度と見かけ、この道が男の日常的な通り道なのだと認識するうちに、どうやら、その道を通るほかの生徒たちの間でも噂になっているらしいことに気がついた。

「また会った」「あ、来た」

男に出会ったことが、そんな言葉でささやき交わされていた。

男は、ただ、歩き通り過ぎるだけ。何もしない。何も起こらない。それでも、男がいた、その姿を見た、今、すれ違った……そんなことが話題になる。それは、ちょっと気の重くなる発見だった。というのも、そうしたささやきには、おそらく無意識のものだろうが、嫌悪や悪意が感じられ、その原因はといえば、単に、男の風貌が醸し出すもの以外、何もないのだから。

人の気持ちなんて、いい加減なものだ。ささやき交わす生徒たちと距離をおいた気分でそう思いながら、亜紀は、同時に少し、怖いと思う。私だって、人と違うところ、きっと、いっぱいある。それに誰かが気づき、その違ったところが気に入らなかったら、こんなふうに悪意の的にされてしまうのだろうか……。


その男と言葉を交わした。

その日、亜紀は下校途中、例によって書店に立ち寄り、お気に入りの作家たちの本の並んでいる書棚をぼんやりと眺めていた。すると、聞き覚えのある声が耳に入った。

「ほら、あれ！　あのCD！」

ささやき声ではあるが鋭く発せられた声は、おそらく本人が思っている以上に辺りに響く。その声は数メートル離れている亜紀のところまで届き、思わずその方を振り返った。

クラスメートの間山さんと元居さん。姿は見えないが、ほかにも近くに何人かの生徒がいるようだ。おとなしい間山さんを肘でつついている元居さん。その彼女と、目が合った。

——シッ！——

声ではなく、目が、そう言った。一瞬のひと睨みが実に多くを語ることを、亜紀は初めて知った。

——声を出すんじゃないよ！　ちくったら、承知しないから！　もちろん、そんなこと、しないわよね？——

身体が硬くなり、弾みで手にしていた本を落としてしまった。

バサリ！

その音の大きさに驚き、身を縮める思いで辺りを見回すと、今度はなじみの店長と目が合った。間山さんたちは気がついていないようだが、亜紀のところからは見える間山さんたちの斜め後ろに、店長が控えていたのだ。

今度は、店長の目が語った。

——いいよ、いいよ。知らん顔して、お帰り。——

店長の目顔が、出口を指した。

「すみません！」

亜紀はあわてて本を棚に返すと、出口に向かった。

「すみません」と亜紀が声に出したことで、おそらく元居さんたちは近くに書店の人がいると察したことだろう。少なくとも、今、このときは、万引きを控えるに違いない。間山さんは、仲間なのか、それとも脅されているのだろうか……。そんなことを考えながら、書店の前に停めてあった自転車を押し出し、いざ乗ろうとしたとき。書店からばたばたと少女たちが出てきた。元居さんとそのグループの面々だ。

なかの一人が、わざわざよろけた足取りで亜紀の方に来た。

「おっとっと……ごめんなさい！」

彼女は身体ごと亜紀にぶつかり、自転車がはでな音を立てて倒れるのを確認すると、にっと笑った。

鞄を結びつけていた荷台の紐が崩れ、鞄とその中身が辺りに散らばった。

「ごめんなさい」に応える言葉は、亜紀にはなかった。わざとであることはわかっていたが、それを口にして非難するには、相手は大勢で……そんな勇気はなかった。といって、「いいのよ」などおためごかしを口にするのはおぞましい。黙って、散らばったものを拾い集める。ペンケースが道の方まで飛んでいた。それに手を伸ばそうとしたときだ。他の手がそれを拾い、亜紀の手に載せた。白い綿の手袋の手。顔を上げると、あの男だった。

「汚い！」

横合いからそう誰かの声が飛び、男は反射的に身を引いた。

「あ、…あれ、私への嫌がらせです」

亜紀はあわてて言った。そして、「ごめんなさい」と。

サングラスとマスクの奥で、男は笑ったようだった。

「君があやまることじゃない」

掠れた低い声だが、感じは悪くなかった。

はっとした。私があやまるということは、私も男を「汚い」と思っていた？

側で見る男は、汚くなどなかった。

季節が移り寒さが深まるにつれて男のコートは分厚いものになり、さらに男の身体を覆っていたが、その異様な身なりにも関わらず、こざっぱりした印象だった。

「ありがとうございます」

亜紀はそう言い直し、男は、どういたしまして、という身振りを残し、立ち去った。


翌日、男と出会ったとき、男はいつものようにまっすぐ前を見、視界に入ったに違いない亜紀にも何の反応もなく通り過ぎようとした。亜紀の方から声をかけた。

「昨日はありがとうございました」

すれ違いざまだが、男が驚いたように足を停め、肯き返してくれたのがわかった。

それ以来、出会うと互いに会釈を交わし合うようになった。あまり晴れやかな気分でもない下校時に、男に、やあ、また会ったね、というように肯かれると、少し心が晴れるような気がした。

ある日、その男に無視されてしまった。男は急いでいるようだった。早足で歩き、近づく亜紀には目もくれず、車道に目をやっていた。そして、スッと手を挙げる。その合図に、一台のタクシーが停まった。男は乗り込み、去っていった。

こんな日も、あるんだ……。ささやかな習慣が破られたことに、亜紀は少しがっかりしていた。

＊

その日、最後の授業が終わった教室に、担任の若林先生がやってきた。教室を見回し亜紀を見つけると、手招きする。何だろうと思いながら先生の方に行くと、先生は辺りをはばかるような声で言った。

「君にお客さんが来ている。ちょっと応接室まで来てくれるかな」

応接室は、校長室の隣りにある。生徒には用のない場所だ。亜紀は、これまで中を覗いて見たことさえない。先生に付き添われるように応接室に向かう道すがら、先生は言った。

「実は、刑事さんなんだ。君に訊きたいことがあるそうだ」

えっ？　と先生を見返してしまった。

とっさに、書店で見てしまったクラスメートたちの怪しい素振りが甦った。

先生はなだめるような口調で言った。

「いや、君が何かしたとか、そんな話では、全くないということだ。それは、何度も念を押していたから、大丈夫。君に協力して貰いたいことがあるんだそうだ」

「ええ——？　なんだろう…？」

何の心当たりもないかのようにつぶやきながら、不安が募る。

まさか、あの日のことじゃないよね……。そんなことは、ないよね。だって、あの日、あの人たちはすぐに書店から出てきたし。万引きしようとしてたかもしれないけど、そのことは書店の店長さんに気づかれてたのだから、もし、してたら、無事に書店を出られるわけないし……。でも、もしも、あの日のことだとしたら、私はいったい、どうすればいいだろう……。

あの日から一ヶ月以上、経っている。しかし、あの日のことは、亜紀に暗い影を落としていた。というのも、あの日以来、どうやら亜紀は元居さんたちに「目をつけられて」しまったようなのだ。一挙一動が見張られているようだった。亜紀の方を見ては、何か亜紀の陰口を言っているらしい様子でささやきあったり、笑ったり、時にはちょっとした嫌みな言葉を投げつけられることもあった。そうするうちに、そのことに気がついたほかのクラスメートたちまで、態度が変わってきた。以前のように屈託無く話しかけてくることが少なくなったようなのだ。それに気がついたとき、亜紀は元居さんたちの嫌がらせよりそのことに重苦しい憂鬱な気分になった——。

応接室で待っていた男は、亜紀を見ると、まるで親戚の叔父さんか何かのような親しげな様子で近づいてきた。しかし口調は、まるで亜紀が大人であるかのように丁寧に、「私、こういう者です」と名刺を差し出した。そうして亜紀が名刺の文字を確認する暇も与えず、向かいのソファーに座るよう促した。

「僕が居た方がいいなら、居てあげるよ」

若林先生は低い声でそう言い、「いいですよね？」と刑事に確認したが、「大丈夫です」と亜紀が言った。もしかしたら、同級生のことをあれこれ訊かれるのかも知れない。そうだとしたらどうしよう、とは思うが、どう答えるにせよ、担任教師はいない方がよいような気がしたのだ。

亜紀が腰を下ろし若林先生が部屋を出ると、「さっそくですが…」と刑事は言った。

「二月二十七日、つまり、一昨日のことですが、この日の夕方五時前後のことを聞かせてほしいのですが」

まさに「さっそく」だった。亜紀を子ども扱いしていない言葉遣いに、いい加減な返答は許されないのだと感じた。一昨日の五時頃？　あの日は部活は休み。でも、放課後、教室でクラスメートたちが始めたお喋りの輪にはうまく入れなくて、気分を立て直そうと図書室へ。新しく入った本のリストのチェックなどして、楽しみにしている新刊、やっぱり買っちゃった方が早そう…と、書店に寄ることを決めて、学校を出た。

「学校を出て、家に帰る途中、本屋さんに寄ったんですけど、その頃かなあ……」

「そう、その本屋さん」

どきっとした。一昨日、やはり書店で何かあったのだろうか？

しかし、刑事の次の言葉はもっと思いがけないものだった。

「その本屋さんの前辺りで、この人、見なかった？」

急に勢いこんでくだけた口調になると、身を乗り出して、一枚の写真を差し出した。きちんと見るために受け取ろうとした亜紀だったが、一瞬、怯んだ。証明写真のように真正面を向いた顔だけが写されたその写真には、顔の下半分が醜くひきつれた男の姿があった。

「あ、ごめん。こちらの方」

刑事はあわてた素振りでその写真を引っ込め、別の写真を取り出した。あの人だ。目深な帽子こそないが、サングラスにマスクでほぼ顔の覆われた、いつも会う男だった。

「見ました」

その写真を手に取るまでもなく、亜紀は答えた。どうやら書店の万引き事件とかいう話ではなさそうだ。しかし…？

「会いましたか」

刑事はさらに身を乗り出した。

「その時の様子を聞かせてもらえませんか？」

なぜ？　あの人に何かあったのだろうか？　あの人が、何かした？　刑事が調べなければならないような、何か…。疑問が渦巻くなか、亜紀は記憶を辿った。

「ちょうど本屋さんの前辺りにいるのを見ました。そこでタクシーを停めて、乗って行きました」

なるほど、と刑事はうなずいた。

「言葉をかわしたりは、しなかった？」

「ええ。そんなに近づくより先に、タクシーに乗ってしまいましたから」

「いつもは？　つまり、彼とは、この辺りで時々会ったと思うのだけど、いつもは話したりするの？」

亜紀は黙って刑事を見返した。なぜ、そんなことを尋ねるのだろう？　私、答えなきゃならないのだろうか？

亜紀の気持ちを察したのか、刑事はなだめるように言った。

「急にこんなことを訊かれて驚いただろうけど、大事なことなんです」

「どんなことですか？」

刑事は少し困った顔になった。そして、ふっと息をつくと、思い切ったような口振りで言った。

「実は、私が知りたいのは、一昨日君が会ったこの男が、いつもと同じその男か、ということで、それはとても大事なことなんです。……どうでしょう？　一昨日の男は、間違いなく、この男だったでしょうか？」

刑事はテーブルに置いた二枚の写真を手で示した。

奇妙なことを言う。そう思ったが、すぐに、ああ、そうか、と気がついた。写真は二枚ともあの人のものなのだ。だけど、私は、マスクとサングラスでほとんど顔の隠れた方の写真の人しか知らない。その下の素顔が、もう一枚の写真に写されている傷ましいものだとは、知らなかった。想像は、しないでもなかった。だけど、これまで、帽子やサングラスやマスクをしていない彼になど、一度も会ったことがないのだ。

亜紀は考えを整理しながら答えた。

「わかりません。同じような格好の人が、あの辺り、あの本屋さんの近くを歩いていたら、間違えるかもしれません。……例えば、誰かが、わざとあの人と同じような格好をしていたとしたら……」

刑事は軽くうなずいた。

「つまり、君はいつも、サングラスにマスクのこんな格好をした人物に会っていたわけで、彼という一人の人物に会っていた、という確信はない――ということですか？」

亜紀は目を見張った。それは違う。あわてて刑事の言葉を訂正する。

「いつも会う人は、この人です。わからないのは、一昨日だけです」

刑事の目が鋭くなったような気がした。

「それはなぜ？」

「だって、あの日は、すれ違う前にタクシーに乗って行ってしまいましたから。いつもは、すぐそばをすれ違うんです。あの人は歩いて。私は自転車で。そのとき、挨拶し合うから――挨拶と言っても、会釈というか、ちょっとおじぎをしあうだけですけど――いつも会う人は間違いなく、その人です」

「あの日は、挨拶するほどは近づかなかった――。でも、君は彼に気がついた。彼の方では、君に気づいたでしょうか？」

亜紀は首を傾げた。

「いえ。多分、気がつかなかったと思います。辺りをキョロキョロしてましたから、きっとタクシーを見つけるのに夢中だったんだと思います」

あの日、急いだ様子の彼は亜紀に目を留めることなくタクシーに手をあげ、亜紀はちょっとがっかりした気分になったことを思い出した。

刑事はなるほど、と大きくうなずいた。そして、ため息をついた。

「つまり、一昨日に限っては、この男かどうかわからない。……別の人物だった？」

またもや亜紀はあわてて訂正する。

「わかりません。……別人だなんて、今の今まで、思いもしませんでしたから。わからない、としか言えません」

刑事はうんうんとうなずく。

「そうですね。この、異様な格好だ。他の誰かが彼になりすますこともできるだろうが、彼自身がいつもと違う振る舞いをして、あたかも別人かもと思わせることもできる」

その言葉に、亜紀は思わず刑事を強く見つめていた。

「なぜ、そんなことしなきゃならないんですか？」

刑事は少しの間、口をつぐんだが、やがて、話し出した。

「ある事件が起こったのです。幸い、犯人はすぐにわかりました。犯人は、この男の家から書店まで早足で歩き、書店の前でタクシーに乗り込んだ人物です。それは間違いない。……問題は、その人物がこの男であるかどうか、ということです」

亜紀はただ刑事を見つめ続けた。事件？　犯人？　あの人が？

突然、朝のニュースを思い出した。同時に胸がどきどきしてくる。そのニュースは亜紀の住むこの町で起こった強盗殺人事件のことを告げていた。たしか警備会社の社長が殺された事件で、その前日解雇されていた警備員が、容疑者として逮捕されていた。自分の町でそんな恐ろしいことが起こった、というので憶えていたのだ。もしかして、その容疑者が、あの人？……

「彼は自宅にいるところを逮捕されました。しかし、その人物は自分ではない、というのが、彼の主張です。で、こうして、君に確認しているわけです」

「なぜ、私に？」

尋ねた亜紀の声は掠れていた。

すると、今度は刑事がじっと亜紀を見つめた。見つめつつ、ゆっくりと話した。

「今のところ、その人物が彼ではないという証拠も証人も出てこない。アリバイもない。一方、その人物の犯行の際の行動についてはかなり明らかになっていて、つまりは、スピード逮捕に至った簡単な事件です。……その人物が彼である、ということさえ間違いなければね。事件は、ほぼ解決したと思われているのですが、彼本人は否認している。そして、こう言うんです。……『本屋の前で、よく出会う女子中学生がいる。もし、彼女があの日、いつもの時間に通りかかっていたとしたら、そして、彼女がその人物を見たとしたら……もしかしたら、彼女なら、その男と自分とを見分けてくれるかも知れない。彼女に確認してみて欲しい』とね」

見開かれた亜紀の目が、ますます大きくなる。

「最初は、そんな必要もないし、そもそもそんな女子中学生が実在するのかどうかも眉唾物だと思っていたんですけどね。彼が説明する女子中学生のことを書店で尋ねてみると、どうやら君のことらしい。それで、こうして学校までやってきたというわけです」

刑事は大きく息をついた。

「まさか、本当に、その女子中学生がいたとはね。そのうえ、彼本人かどうかわからない、と言う……」

亜紀は深呼吸をした。もう一度した。それでも、胸の動悸は治まらない。むしろ、眩暈をおこしそうなほどに高鳴っていた。自分には、今、大変な役目が与えられているらしい……。

「どうでしょう、もう少し、その時のことを思い出してみてくれませんか？　いつもの彼と、どこがどんなふうに違っていたか、違っていなかったか。体格とか、どうでしょう？」

亜紀は目を閉じ、あの時のことを思い出そうとした。服装、体格、そうしたもので彼ではないと思う余地はなかった。むしろ、そうした外見で、亜紀は疑うことなく彼だと思っていたのだ。もう少し、もう数秒、私の行動が早かったなら……。あとほんの数メートルのところで、彼とすれ違っていたはずだ。私はいつものように、軽く頭を下げただろう。彼がそれにいつものように応えていたら、私は自信をもって、彼に間違いありません、と言うのだけど。……だけど、もし、彼が、犯行を決意して犯行場所に向かっていたのだとしたら、いつものような穏やかな会釈を返してくれたりするだろうか？　むしろ、私を無視し、私にいつもと同じ人物ではないかのような印象を与えるのではないだろうか？　つまり、私を、利用しようとしたかもしれない。

やがて亜紀は目を開き、首を横に振った。

「だめです。私には、わからない、としか、言えません……」

刑事はうなずいた。今度は刑事が、腕組みをし、目を閉じた。

私の役割は終わった。何の役にも立たないまま。刑事さんの仕事も終わった。何の収穫もないままに。亜紀はそう思った。

しかし、やがて目を開いた刑事は言った。

「どうでしょう、彼に会ってみてくれませんか？　一昨日会った人物が彼であったかどうか、彼本人を見て、もう一度思い出してみてくれませんか？」

もちろん、それでわからないなら、わからないでかまいません、という刑事に、亜紀は断ることはできなかった。

取り調べ室は、警察署の奥、迷路のような廊下を歩いた先にあった。マジックミラーなのだろう、廊下側の窓から中を覗くことができた。その構造がテレビドラマなどで見るのと同じであることに、亜紀は妙に感心した。一台の机に、向かいあった男が二人。その一人、下を向いているのが、彼だった。やはりサングラスとマスクをしている。しかし、間違いない、いつも出会う男、その人だ。……そう確信できるのは、なぜだろう？　外見はもちろんだが、雰囲気？　一昨日の場合は、どうだったろうか？

あの日の男は落ち着かなげで、タクシーを見つけると、スッと右手を差し上げて……。右手を。白い手袋をした手を、スッと。その手をひらひらさせて……。

白い手袋の手……。

亜紀は、急に動悸が速くなるのを感じた。「手を……」あえぐような声で、亜紀は言った。

「あの人の、右手を見せてください」

刑事がマイクのようなものを手に言った。「彼の手を、机の上に」その声は、取調官のイヤホンに繋がっているようだった。取調官が男に向かって何か言い、男は膝の上にあった両手を机の上に出した。白い手袋をした両手。亜紀の動悸は、ますます激しくなった。ミトン型の手袋。

──あの日、タクシーを停めた男の白い手袋は、普通の五本指の手袋だった──。その手をひらひらさせて、男はタクシーを停めたのだった。

「手袋をはずして…」

亜紀は言い、その言葉は取調室に伝えられた。男は手袋をはずした。亜紀は大きく息を吸った。そして言った。

「一昨日の人は、あの人じゃありません。一昨日の人は、五本指の、指の形のはっきりした手袋をしていました」

ミトンを外して剥き出しになった男の手は、さっき見た写真の素顔同様、皮膚がひきつれて、五本の指が分かちがたいほどに腫れていた。

「間違いない?!」

尋ねた刑事の声は上ずっていた。

「間違いありません」

「よし!」

刑事は亜紀の両肩を掴むと痛いほどに揺さぶり、「ありがとう!」と言った。

刑事の指示で、若い女性が亜紀を別室に連れていった。刑事の指示は、取り調べ室にも飛び、ついで彼自身も取り調べ室に入っていったようだった。

若い女性の説明を受けながら、差し出された書類に署名などし、出されたジュースも飲み終え、帰り時間が気になって来始めた頃、刑事がやってきた。初対面のとき以上に親しげでくつろいだ笑顔だ。

「ありがとう！　タクシーの運転手の確認もとれたよ。やはりあの日の客は、五本指の白い手袋をしていたそうだ。ぴったりした手袋のスマートな手だった、と思い出してくれました。誤認逮捕された彼には気の毒だったが、やはりスピード解決には違いないことになりそうですよ。彼の言葉を真実として事件を洗い直していけば、真犯人は限られてくるだろうからね」

「よかったですね……」

ほかにどう応えてよいか、わからなかった。ただ、ほっとしていた。

鞄や自転車を置いているので学校に戻るという亜紀を、刑事は車で送ってくれるという。駐車場まで並んで歩きながら、刑事は尋ねた。

「ところで、彼とは、いつから挨拶を交わすようになったの？」

「あ、それは……。一ヶ月ほど前かな、本屋さんの前で私の自転車が倒れて、鞄や何かが散らばったことがあったんです。その時、ちょうど通りかかったあの人が、ペンケースを拾ってくれたんです。――白いミトンの手袋をした手で。それ以来、すれ違うときに。挨拶と言っても、こんにちはとか言うわけじゃなく、ちょっと頭を下げるだけなんですけど」

「なるほど」

刑事は肯き、つぶやいた。

「情けは人のためならず、か」

ああ、そうか。私、今、あの時の恩返しができたのか。亜紀は安堵とともに嬉しさがこみ上げてくるのを感じていた。


鞄を取るために教室に戻ると、薄暗い教室に一人、元居さんがいた。

「刑事さんに呼ばれてたんだって？」

ドスの利いた低い声で言う。

「ええ」

「よけいなこと、喋ってないでしょうね」

その威圧的な態度が、不意に滑稽に思われた。

亜紀は見返し、言った。

「やってないんでしょ、万引き？」

元居さんは、ぷいとそっぽを向いた。少し恥ずかしさが滲んでいるようなその顔に、亜紀は、やはり実行はしていないのだ、と確信した。あの日は、間山さんをからかっていただけなのかもしれない。

「どちらにしても、もうしないでしょ？」

元居さんは、探るような目で亜紀を見てきた。そして、腹立たしげに言う。

「しないわよ。……喋ってないわよね？」

その問いには答えないでいようか、とも思ったが、やはり安心させてあげることにした。

「何も喋ってないわ。第一、刑事さんの用事、そんなことじゃなかったし」

とたんに元居さんの顔が明るくなった。

「ほんと？……なんだったの？」

問い返す声から、脅すような調子が消えていた。

「全く関係のない、もっと、ずっと、大切な話」

もったいぶって亜紀は言った。考えてみれば、全く関係ないわけではなかったかな？　私があの人と挨拶を交わすようになったきっかけをつくったのは、この人たちだったんだわ。

頭の片隅をふとそんな想いがよぎった。


自転車置き場に行くと、刑事が待っていた。まだ何か用があったのだろうか？　再び緊張した気分になった亜紀に、刑事は言った。

「いや、たいしたことじゃないんだ。ただ、やはり、君に伝えておこうと思ったことがあってね。──実は、彼は、こうも言ってたんです。『もし、彼女』……つまり、いつも会う女子中学生である君のことだ……『彼女も、一昨日の人物が僕だというなら、あきらめます』と。『おそらく、僕自身という人物は、どこにもいないのでしょう。こんな不気味な格好をした男がいれば、それが僕なのでしょう』とね。実際、君だけだったんだ。一昨日の人物が本当に彼かどうか、本気で考えてくれたのは」

亜紀は呆然とし、刑事を見つめた。ただすれ違い会釈を交わすだけの私などに彼は運命を託したというのだろうか。もし、彼が、手まで傷を負っていなかったなら……あるいは、真犯人が、用意周到にミトンの手袋まで真似ていたなら……。

亜紀は今さらのように身体が震えるのを感じた。

「君は、本気で考えてくれた。見分けてくれたことよりも何よりも、そのことが嬉しい。そう彼が言っていました」

私が一昨日の人物と彼が別人だとわかったのは、幸運の賜物だ。わからないままだった可能性の方が高い。……それでも、彼はかまわないと言うのだろうか。

そのとき、突然彼の声が脳裏に響いたような気がした。

――君があやまることじゃない――

それは、初めて彼と言葉を交わしたときの彼の言葉だ。掠れた声で、彼はそう言ったのだった。もしも、私が彼を見分けることができなかったとしても、そのときも彼はそう言ってくれるだろうか。

――君があやまることじゃない――

おそらく、そう言ってくれるのだろう、と亜紀は思った。突然、こみ上げてくるものがあった。

――もっと、ずっと、大切な話――。

元居さんに言った言葉がよみがえる。私は、どうやら、なにかとてつもなく大切なことをしたらしい。じわじわとそんな思いが湧いてきた。気がつくと、亜紀は立ちつくしたまま涙を流していた。涙は静かに流れ続け、刑事はそんな亜紀の肩を軽く叩きながら、黙って側に立っていた。

メスの行方

理科準備室の備品棚の前で、ぼくはメスを数えていた。ついさっきの理科の授業でフナの腹を切り裂いた光る刃。

魚をさばくことなんて、たいしたことじゃない。母は台所で、ガスレンジでなにやら火を使う一方、流し台でそれをやり、釣りが趣味の父は日曜の夕方、鼻歌まじりでそれをやる。六年生のとき、学校からキャンプに行ったときには、ぼくもした。それは料理だ。

しかし、今日の理科の授業でのそれは、気分が違っていた。ぼくらは「解剖」という言葉に、妙に興奮していた。

メスは、包丁などよりはるかに切れ味がよかった。フナの腹に刃先を当てたとき、ぼくは思わず、班のだれにともなく言ったものだ。スゲエヨ、これ。

そのメスが、一本足りない。

ぼくはそのことを告げようと、準備室の反対側の整理棚のところでシャーレを片付けているイズミを振り返った。

その時、ドアが開いて、理科の小坂先生が顔を出した。

「どうした、後片付けはまだか？」

ぼくは口ごもりながら言った。

「メスが、まだ…」

瞬間、小坂先生の顔つきが険しくなった。

「足りないのか？」

すると、イズミが言った。

「足りてると思うけど？　どの班もみんな返してきたから」

数は……と言いかけて、先生は口ごもった。

最初にメスが何本あったのかを、おそらく、先生は知らない。

授業の始めに、先生は、新品をおろすぞ、と嬉しそうに新しいメスのケースを開けたのだけれど、メスはそれだけでは足りなかった。そこで古いものも出してきたのだが、そちらの方はプラスチックのケースなどとうに壊れたものを缶の箱に寄せ集めていたもので、何本あるかなんて気にしなかったのだ。

先生は、頭をゴシゴシと掻きながら、イズミに言った。

「みんな、返してきたんだな？」

はい、とイズミは答えた。はっきりと。

「ということだそうだが……それでいいか？」

ぼくを見る先生の目は、ぼくに確認をするというよりは、すがるようだった。ぼくは言うしかなかった。

「はい。多分」

先生はぼくの方へ歩み寄ってきながら、言った。

「ご苦労さん、もう帰ってもいいぞ。戸締まりは先生がやっておくから」

イズミはさっさと準備室を出た。ぼくも後を追った。先生は残った。きっと遅ればせながらメスの数を数えておこうと思ったのだろう。

準備室の隣の理科室に置いてあった理科のノートや教科書を持ち、廊下に出たとき、ぼくはイズミを呼び止めた。

「待てよ、嘘つき！」

イズミは振り返った。

「何のこと？」

「ぼく、見たんだ。だから……早く、返してこいよ」

イズミはぼくを見つめ返した。

「見たって、何を？」

「メスだよ。君の、その筆箱の中にある」

イズミは小脇に持っていた本やノートや筆箱の束を胸に抱え直すと、鋭く言った。

「何言ってるのか、わかんない！」

そして、きっぱりした仕草でぼくに背を向けると、バタバタと廊下を走り去った。

あいつとまともに口をきいたのって、何年ぶりだろう。後ろ姿を見送りながら、ぼくはそんなことを考えた。もっとも、今の会話もあんまりまともとは言えないけれど。


中学校の入学式の日、隣の小学校からきた新入生のグループの中にイズミを見つけたぼくは、思わず駆け寄っていた。

「やあ、同じ中学だったんだ。何組になった？」

イズミは振り返り、ぼくを見つめた。そしてニコリともせず言った。

「三組」

残念、ぼくは一組、と言いかけた時には、イズミはグループの女の子たちとその場から遠ざかっていた。呆然と見送るぼくのそばで、クスッと笑う声がして、ぼくは顔が熱くなるのを感じた。

笑い声の主は、ポンとぼくの肩を叩いた。

「はでに振られちゃったな。ま、気にするなよ。あいつはいつもあんな感じなんだから」

やはり隣の小学校出身のその少年は、社交的な質《たち》らしく、高坂と名乗り、ついでに、今、目の前でぼくを振っていった少女の名前を教えてくれた。

教えてもらう必要はなかった。ぼくはそいつよりも少女のことをずっとよく知っていた。二年前までは、の話だけど。

二年前まで、彼女はぼくと同じ団地に住んでいて、男子も女子もなく同じ年頃の子がみんな一緒に遊んでいた頃は、ぼくたちは結構仲良しだったのだ。

男子は男子で、女子は女子で別れて遊ぶようになったのは、いつの頃からだったろう。気がつくとそうなっていて、イズミの引っ越しのとき、彼女を取り囲み手を振ってお別れをしたのは、女子たちばかりだった。

手紙ちょうだいね——そんなに遠くじゃないんだから、遊びに来てね——。女子たちがそんな言葉をかわしている様子を、ぼくたち男子は、少し離れた団地の中庭から眺めていた。

「イズミちゃん！」

入学式が始まるため体育館へと向かう人混みの中、声が響いた。

その方を見ると、ちょうどユミコがイズミに走り寄って行ったところだった。ぼくと同じ団地にいる少女で、イズミとは一番仲の良かった子だ。ユミコがイズミの肩に手を置いて、嬉しそうに跳びはねるのが見えた。イズミの顔に、ふわっと笑みが広がった。二人は腕を絡ませるようにして、並んで体育館へと入っていった。

なんだ。

ぼくは複雑な気分だった。とりあえず、ユミコと笑顔でお喋りしていることは、よしとしよう。

団地時代のことを忘れているわけではないということだ。しかし、さっきのぼくへの態度は何だ？　ぼくが男子だから？　それとも、イズミにとっては、ぼくは会ってなつかしいとも思わない、そんな程度のものだったのだろうか？


イズミと同じクラスになったユミコは、すぐに以前のように仲良くなったようだった。ある日、たまたま学校からの帰り道で一緒になったユミコに、ぼくはさりげなく言った。

「ユミコとイズミ、同じクラスで良かったな。イズミが転校するまで、二人はいつも一緒だったもんな」

するとユミコは、う〜ん、とうなった。

「イズミちゃん、以前のイズミちゃんじゃないんだよね……」

「でも、また、いつも一緒にいるじゃないか。以前みたいに」

ユミコは考え考え言った。

「以前みたいに、というよりは……新しく友達になり直したって感じかな。今、一番の仲良しはイズミちゃんなんだけど、小学校の頃の続きじゃないんだよね。あの頃のイズミちゃんとは別人みたい。おとなしいし、大人びてるし」

そこでユミコはぼくの顔を見た。

「でも、ヒロシ君、よく見てるよね。私とイズミちゃんがいつも一緒だなんて」

ぼくは言葉に詰まった。ユミコはそんなぼくの反応を面白そうに眺めながら言った。

「気にすることないわよ、ヒロシ君だけに冷たいわけじゃないから。イズミちゃん、本当におとなしくなっちゃって、男子とはほとんど口もきかないんだから」

気にするもなにも、入学式の日のあんな反応以来、ぼくの方だって二度とイズミに近づくつもりはなかった。たまたま顔見知りなら挨拶をかわさないのが不自然なくらい近くで出会うことがあっても、もう声もかけなかった。二年生になって同じクラスになったときは、正直、気分が滅入ったものだ。だって、不自然なままでいなきゃならないやつが同じクラスだなんて、鬱陶しいじゃないか。

そんなわけで、メスをきっかけにイズミと「会話」したのは、実に三年と二ヶ月ぶりのことだった。

しかし、おとなしいって、だれのことだ？

さっきの、ぼくを見返し、言い返し、走り去ったイズミには、おとなしさのかけらもなかった。フナを切り裂いた後、刃先をアルコールで拭ったメスを、イズミは準備室に返すほかのものと一緒に手にしていた。そして、メスだけを、自分の筆箱に滑り込ませたのだ。その後、素知らぬ顔でぼくと理科委員の務めを果たすために、ほかの連中が次々に返しにくる実験道具を集め始めた。

ぼくは見ていた。それは、明らかに確信的犯行ってやつだ。しかも、ぼくが見ていたことを告げたのに、ひるみもしない……。

なんてやつだ、とぼくは思った。そして、あのメス、いったいどうするつもりなんだよ、と。

その年の夏は、とりわけ暑かった。

夏休み中の登校日、学校に行くと、教室では久しぶりに顔を合わせた面々が、数日前に死んだ飼育小屋の兎の話で持ちきりだった。

――かわいそうに、殺されちゃって――血まみれで――

「兎が殺された？」

ぼくは、反射的にイズミの席の方を振り返っていた。僕の声に振り向いたイズミと目が合った。イズミは大きく目を見開いた。

「犬の仕業だってさ。熱帯夜が続いて凶暴化した犬が……」

だれかの声が響き、ぼくはほっとしてつぶやいた。

「犬か……」

イズミはぼくを睨み続けていた。強く、強く、睨み続け、いつしかその唇は怒りを込めて噛みしめられていた。その目に射すくめられながら、ぼくは、今、一瞬ぼくの頭をよぎった思いがすっかりイズミに読まれているのだと悟った。

「兎の死」という言葉に、ぼくは瞬時にメスを思い出してしまっていたのだ。イズミの仕業だなんて思ったわけではない。単に連想が働いてイズミの方を見てしまった。そして、それが犬の仕業だとわかってほっとした。……つまり、ぼくは、無意識のうちにイズミに疑いをかけたというわけだ。ぼくはぼく自身、そんな自分の無意識に驚いて、悄然とイズミの視線を受け止めていた。

やがてチャイムが鳴り、ざわめきの中、ようやくイズミはぼくから視線をはずし、ぼくも教壇のほうへと姿勢を変えた。そして、ぼくはあの日以来、イズミに問いかけたい言葉を抱え込んだままなのに気がついた。

——あのメス、どこにやったんだ？　何に使うつもりなんだ？——


ぼくの母が、イズミのお母さんに会った。二学期の保護者懇談会でのことだ。ぼくが中学生になってから、母はあまり学校に出向かなくなっていたのだが、この日は修学旅行に関する話などもあるというので出席したのだ。

帰ってきた母は、ため息混じりにぼくに言った。

「噂には聞いてたけど、見違えちゃったわねえ。イズミちゃんは大人びてお嬢さんっぽくなっちゃってるし、イズミちゃんのお母さんも、すっかり奥様然として。生活が変わると、ああまで変わるのねえ……」

ぼくはあまり知らなかったのだが、父親の仕事がうまくいって団地から隣町の高級住宅地に引っ越して行ったイズミの家のことは、団地で噂になっていたらしい。

「本当は中学はM市の私立に行かせたかったそうよ。イズミちゃんがその気にならなかったので見合わせたけど、高校はぜひそうしたいって」

「M市なんて、どうやって通うんだよ?」

ぼくの素朴な疑問に、母はこともなげに言った。

「あら、ちゃんと寮があるのよ」

そうなのか、とぼくは思った。ユミコが言ったとおりだったんだ。イズミは、昔、団地で一緒に遊んでいた頃のイズミではないんだ。そして、中学を卒業すると、また、ぼくやユミコたちとは違う世界に行ってしまうんだ。

「でも、何だかねえ……。一緒に話してると、肩が凝っちゃったわ。昔はよく笑う人だったのにねえ」

母はその時の凝りを思い出しでもしたのか、首や肩をほぐす仕草をしていた。

ぼくも思った。そうなんだ。イズミも昔、よく笑う子どもだったんだ。メスなんて似合わない。

夜、一人机に向かっているときなどに、ぼくはふと思う。あのメスを、イズミはどうしただろう。たとえば、今、ぼくと同じように机に向かったりしているときなどに、取り出して眺めたりしているのだろうか。その刃先の切れ味を、何かで試してみたりしているのだろうか。それは昔のよく笑うイズミだったら、あきれかえって笑いとばしてしまうに違いない暗い想像だった。

＊

三年生になった。新しいクラスの名簿が各教室の前に張り出されていた。まず、自分の名前を見つけたぼくは、その貼り紙の女子のところに、ついイズミの名を探していた。イズミの名はなかった。拍子抜けしたような気分だった。ついで、なぜイズミの名前なんか探したんだろうと腹立たしくなった。

ユミコがまたイズミと同じクラスになっていた。

団地の中庭でユミコに会った。ユミコは意味ありげに笑いかけると、「イズミちゃんと、クラス、別れちゃったね」と言った。

ぼくは思わず立ち止まり、「何勘違いしてるんだよ」と返した。

ユミコは首をかしげた。

「だって、小学生の頃、イズミちゃんとヒロシ君、一番の仲良しだったじゃない？　イズミちゃん、今でもその頃の話するの、とっても嬉しそうよ」

「知らないよ」

ぼくはつぶやいた。

「先に無視してきたの、あっちなんだから」

ユミコはうん、とうなずいた。が、すぐに、でも、と続けた。

「でも、仕方ないよ。イズミちゃん、学校ではすごく緊張してるもん。それに、私とヒロシ君だって、学校ではこんなふうに話したりしないじゃない？」

それはそうだった。中学校ってそんなところだ。友達と決めたやつ、言葉を交わすと決めたやつ同士でなければ知らん顔だ。

ふと、イズミもここに来ればいいのに、と思った。団地の中庭、子どもの頃から、それこそ、赤ん坊のときの日向ぼっこから一緒に過ごしたこの庭でなら、イズミも以前のイズミになれるかもしれなかった。

その日、少し長引いた最後の授業が終わったとき、地理の山谷先生が言った。

「日直、これ、地理準備室に返しといてくれ」

そして、黒板の前に拡げて架けていた世界地図をクルクルと巻き取った。

この日の日直はぼく。そして、山中。山中の方を見ると、ぼくに両手を合わせて拝んでいる。サッカー部の山中は、残り少ない部活に一所懸命で、授業が終わるとすぐに飛び出して行きたいのだ。仕方がない。ぼくは、ぼくの背よりも高い筒になった地図を抱えて地理準備室に向かった。

準備室のドアは開いていた。入ると人影があった。制服姿が二人。ぼくが入ったので、二人は振り向いた。

入り口で、ぼくは立ちすくんでしまった。

一人は高坂。入学式の日にぼくに声をかけてきたやつ。三年間、同じクラスになることはなかったけれど、あれ以来、顔を合わせると何となく言葉を交わすようになっていた。そしてもう一人、セーラー服の方は、イズミだった。

「ごめん、邪魔した……」

我ながら間が抜けていると思いながらつぶやくと、高坂は困ったような顔になり、イズミはぼくを睨みつけてきた。

イズミは高坂に「ごめん。さよなら」と言うと、ぼくの横をすり抜けて行った。その後ろ姿に、高坂は「気にするなよ!」と声を投げかけた。そして、ばつの悪そうな顔でぼくに笑いかけた。

「かっこ悪いところ、見られちゃったな。振られっちまった」

もう一度、ぼくはゴメン、とつぶやいた。

世界地図を所定の場所に片付けるのを、高坂は手伝ってくれた。手伝いながら、彼は尋ねてきた。

「あいつ、前の小学校のときはもっと明るくて活発だったんだって?」

ぼくが以前のイズミのことを知っているとわかっている口振りだった。

「ああ」とぼくは答えた。

「とびきり、明るい活発なやつだった」

高坂はうなずいた。

「転校してきたときも、そうだったんだよ。最初の一週間くらいだったけどな」

ぼくは思わず高坂を見つめた。

「じゃあ、なぜ…？　何か、あったのか？」

さあな、と高坂は肩をすくめた。

「着地失敗……って感じかな。元気で活発で何でもできそうな転校生なんて、みんな遠巻きにするだけだもんな。すっかりおとなしくなって、あまり自分から動かなくなったら、だれかしら声をかけたり仲間に入れてやったりし始めたけどね」

高坂はため息をついた。

「あいつ、いつまでもここに居そうにないから、今のうちに決めとかなきゃって思ったんだけどなあ……」

「ここに居ないって？」

高坂は一瞬言いよどんだが、おまえにだから教えてやるよ、と前置きして言った。

「あいつの家、おやじさんの仕事がすごくうまくいってて、それはいいことなんだけどさ、M市に会社作って、ほとんど家に帰らないらしいんだ。で、お母さんとあいつも、いつM市に引っ越そうかってとこ」

ふうん、とぼくは言った。

「それで、M市の私立高校なんだ……」

「なんだ、知ってるんだ」

「いや、それは母さんたちが懇談会で会って……」

ぼくはあわてて言った。

高坂は陰気な声で言った。

「でも、中学卒業までいるかどうか、な」

「詳しいんだな」

からかい気味にそう言ったのだが、高坂は屈託なく応えた。

「そりゃ、気にしてるからな」

ぼくははっとした。照れもしないでそう言える高坂は、やけにかっこよく見えた。


図書室横の踊り場で、一人でいるイズミを見つけたのは、それから数日後のことだった。

「よう……」

ぼくは思わず声をかけていた。振り向いたイズミも、はずみでか、「うん？」と普通に応えてきた。思いきってぼくは尋ねた。

「M市の高校に行くんだって？」

「多分ね」

イズミは簡単に答えた。

「イズミ、頭いいもんな。M市の学校に行けるなんて、よかったな」

心にもないことを言っている、と自分でも思った。何かを喋らなきゃと思って口にした言葉だった。イズミはそんなぼくの気持ちを見透かすかのように、じっと僕を見つめた。そしてつぶやいた。

「寮があるから、行くの」

えっ？　ぼくは問い直した。

「だって、M市に引っ越すんだろう？　通えるじゃないか」

ぼくを見据えたまま、イズミは言った。

「でも、寮に入るの。私をまず寮に入れておいて、お父さんとお母さんはゆっくり離婚の話し合いをするの。……夏休みには、私、どちらの家に帰るのかしらね」

イズミの口元がゆっくり動いた。微笑もうとしたようだった。しかし、口元は軽く歪んだだけだった。

ぼくはしばらく何も言えないでいた。こんなときにかける言葉など、ぼくは知らなかった。でも、このまま右と左に別れてしまうなんてこともできなくて、ようやくの思いでぼくは言った。

「団地に遊びに来いよ。中庭、昔のままだし、ユミコだっているし」

イズミはうなずいた。

「うん、そのうちね」

「そのうち」という日は来なかった。高坂の言葉通り、イズミが転校していったのは、それから間もなくのことだった。

「素敵なマンションが見つかって、お母さんがすっかり気に入っちゃったんだって」

ユミコはそう言った。

へえ、とぼくは言った。すごいな、羨ましい話だな、と。

ユミコは首をかしげた。

「イズミちゃんは嬉しそうじゃなかった。今まで住んだ場所のうちで、この団地が一番好きだって」

そして、口調を変えて言った。

「ね、ヒロシ君は、高校、どこ受けるか、決めた？」

そうだった。いつしか、ぼくらも進路の決定を迫られる頃になっていたのだった。

＊

妙に重みのある一通の封筒が届いたのは、それから一ヶ月ほど後のことだった。自分の部屋に入り、机の前に坐って、改めてその封筒を眺めた。しっかりした筆跡で、表にはぼくの名が、そして裏には、M市の知らない住所と共にイズミの名があった。

ぼくは緊張した気分で封を切った。中から出てきたのは、一枚の便箋。そして、厚紙にくるまれた細長いもの。

まず、便箋を開いた。

『私を見ていてくれて、ありがとう』

いきなり飛び込んできた文字に、ぼくは狼狽した。まるでイズミのことを気にし続けていたぼくの気持ちがすっかり見透かされていたような……。文はこう続いていた。

『ヒロシ君が見ていてくれたおかげで、メスはメスでなくなって、ペーパーナイフになりました』

ああ、と思った。イズミがメスをかすめ取ったあの瞬間。あの時のことを言っているのだった。

厚紙を開くと、中から一本のキラキラしたものが出て来た。もとは銀一色だったその刃物は、握りの部分には光沢のあるカラフルなコーティングがほどこされ、切れ味鋭かった刃先も透明なガラス質のもので覆われていた。どうやらマニキュア液のようだった。百円ショップで色々な色のものが売られていて、女子たちの間で筆箱やキーホルダーなど小物に塗って飾るのが流行っていた。

ぼくはしばらくそれを眺めた後、試しにその刃先を手の甲に押し当ててみた。手には押し当てた跡がついただけで、薄皮一枚切れなかった。そばにあった紙切れを二つ折りにして、刃先で引いてみた。なるほど、これはペーパーナイフだ。こうして紙を切るのにちょうどいい。

マニキュアの装飾は、何度も塗られ、何度も剥がされたのだろうか、そのペーパーナイフの仕上がりは何ともゴテゴテしたものだった。その塗り重ねの跡に、メスがメスでなくなっていったイズミの日々が重ねられているような気がした。

手紙を書こうと思った。その手紙の返事を、イズミはくれるだろうか。もし、くれたら、その手紙の封は、このペーパーナイフで開けよう。

約束の夏

雨の多い夏だった。大人たちにとってさえ、毎年繰り返されていた四季の記憶は役に立たなかった。梅雨の時期の雨は突風や豪雨を伴い、その続きであるかのように台風が訪れた。気温だけは日々上昇し、当時小学生だった私は、ただ夏休みだけを心待ちにしていた。

その日も朝から暑かった。もうすぐ、夏休み。でも、まだ、夏休みじゃない。重いランドセルを背負って、私の通う小学校まで、絵美ちゃんとお喋りしながら、二十分。走ったり速足にして、十二分。どちらにしても、着いたときには、汗だくだ。夏休み、早くこい――。

ママは、チラチラとテレビの画面に目をやりながら、無言で私の身支度をチェックしたり、パパの湯飲みにお茶を足したりしていた。そのママが、突然、ヒッというような奇妙な声をあげた。はずみでパパはお茶をこぼされてしまって、おいおい、とあわてる。ママは、そんなパパに目もくれず、テレビに釘付けになっていた。やがて、ママの口から、掠れた声が洩れた。

「――クミコが死んだ――」

パパと同時にテレビに目を向けた。朝のニュースが、どこかの町を襲った洪水と崖崩れのことを伝えている。画面の下側を、犠牲者の名前が流れていた。

電話が鳴った。ママは恐ろしいものでも見るように、電話を見つめた。パパが電話をとった。

「ああ、うちも今、テレビで…」

パパは電話口でそう言うと、ママに尋ねた。

「サキさんからだ。出れる？」

私もたまに会うことのある、ママの子ども時代からの友達だ。

ママはうなずき、受話器を受け取った。その手ががたがたと震えている。それでも、ママは、ふっと思い出したように私の方を見て、「早く行きなさい。遅れるわよ」と言った。

行けるわけ、なかった。私は玄関先でなりゆきを見守っていた。

すると、玄関のチャイムが鳴った。

「奈っちゃん、おはよう！」

ドア越しに絵美ちゃんの声。いつも待ち合わせする四つ辻に私がいないので、迎えに来てくれたのだ。

「心配するな。奈津子は早く学校に行きなさい」

パパに急き立てられ、私は家を出た。

学校から帰ると、家は留守だった。台所のメモ・ボードにママの伝言があった。

「サキさんと、友達のお葬式に行ってきます。帰りは明日の夜になります。留守中のことは、パパと相談して、うまくやってね」

台所をチェックしてみた。こんな時、たいていママはカレーとかシチューとかの鍋を仕込んでいてくれる。しかし、この日、その類のものはなかった。よほど急いで出かけたのだろう。二階の自分の部屋へ行こうとしたら、電話が鳴った。パパからだった。夕食は、パパが会社からの帰りに何か買って来ることになった。


翌日の夜、ママは帰って来なかった。替わりに電話が鳴って、パパと長く話し込んでいた。ほとんどママが話しているようだった。「うん」とか、「う〜ん」とか応えていたパパは、最後に「わかった」と言って、受話器を私に渡した。――奈津子、ごめんね。こっち、ちょっと大変で。クミコの妹さんがいるの。もうすぐ赤ちゃんが生まれるの。だから、もう少し、こっちに居ることにしたから。ごめんね。――

訳がわからなかった。受話器を置いてパパを見ると、パパも首を傾げた。

「ま、サキさんも一緒だそうだから、大丈夫だろう」

その言葉は、私に、というよりは、自分に言い聞かせたようだった。

ママからの電話は毎晩あった。その度にパパと長々と話し込んでいた。そんな日が、五日続いた後、ようやくママは帰ってくることになった。明日、帰る。ママからのその電話のあと、パパが神妙な顔で私に言った。

「クミコさんの妹さんを連れて帰るそうだ。無事、赤ん坊が生まれるまで、しばらくうちで一緒に暮らすことになった。なにしろひどい崖崩れで、クミコさんの家も、すぐそばのクミコさんの実家もやられたらしい。その実家で、お産を控えて里帰りしていた妹さんのユキコさんだけが、助かったんだそうだ。ショックが大きかったので今日まで入院してたそうだが、退院しても、家は壊れているし、お産の世話をしてくれるはずだったクミコさんのお母さんも、クミコさんも、いないんでね」

私はただただ驚いてパパの話を聞いていた。

「二階の奈津子の隣の部屋を使ってもらおう。いいだろう？」

私は大きくうなずいた。よし、とうなずき返したパパは一層真剣な顔になって、私の目を見つめた。

「そこでね、奈津子。ひとつ、約束して欲しいことがある。……ユキコさんは、崖崩れの中から救出された後、ずっと病院にいたので、まだ何が起こったのか、きちんとわかっていないらしいんだ。いや、頭ではわかっているんだが、まだ信じられない思いなんだろう。ときどき、変なことを言ったりしたりするかも知れない。そんなときは、そっとしてあげてほしいんだ。……つまり、間違ったことを言ったりしても、『違うよ』とか、『おかしいよ』とか、言わないこと。そして、ユキコさんにあれこれ質問したりしないこと。無事、赤ん坊が生まれるまでは、できるだけ事故のことも思い出さずに静かな気持ちでいたほうがいいらしいんだ。……約束、できるかな?」

なんだかはっきりしない話で、ちょっと心配な気がしたけれど、私はうなずいた。だって、うなずくしか、なかった。


翌日、学校から帰ると、玄関には女の人の黒い靴が三足並んでいた。一足はお葬式のために履いていったママの黒い靴。似たような靴がもう一足。そしてもう一つ、若い女の人が使う、スニーカーのような形の靴。ただいま、といつものように奥に向かって声をかけると、リビングからママが顔をだした。手招きされてリビングに入ると、サキさんと若い女の人がいた。大きなお腹をしているので、すぐにわかった。この人がユキコさんだ。

「この子が、奈津子。四年生。奈津子、こちらがクミコさんの妹さんの、ユキコさん」

ママは簡単にそう紹介し、ユキコさんはペコリと頭を下げた。そして、か細い声で「お世話になります」と言った。お腹は丸く大きいのに、手も足も顔もやせていて、子どものようだった。

ママが新しいコップにジュースを注いで私の前に置いたので、私はランドセルをリビングの隅において椅子に座った。私に話があるわけでもなさそうだったが、ここにいて、大人たちの話を聞いておきなさい、ということのようだ。多分、ママは、改めて私に説明するのが面倒だったのだろう。

「じゃあ、病院の手配は、サキがしてくれるのね？」

ママが言った。私が帰ってくるまでの話の続きのようだ。

「任せて。あてになる産科医を知ってるから。でも、病院にはあなたが付き添ってあげて。電話で、行けばわかるようにしておくから。あと、役所関係もね」

どうやら、突然新しいところで出産をするというのは、色々と手続きのいるものらしい。専業主婦のママがユキコさんの世話をし、町中《まちなか》で仕事をしているサキさんが、仕事の合間に必要な手続きをすることを、分担したようだった。

「いいんでしょうか、私だけ…」

ユキコさんがつぶやいた。台風の被害はニュースで想像した以上のもので、ユキコさんの知り合いの多くが崖崩れや洪水に巻き込まれたらしい。

「いいのよ」

ママとサキさんが同時に言った。

「今は、自分と生まれてくる子どものことだけを考える時なの」

そう言うサキさんの口調は、叱りつけるかのようだった。

玄関の音がして、ただいま、というパパの声がした。

気になって、早く帰ってきたのだという。

大変でしたね、と言うパパに、ユキコさんは、私にしたのと同じように頭を下げ、「お世話になります」と言った。パパは、なんと言っていいのかわからないような顔でユキコさんを見つめていたが、やがて無理に言葉を押し出すような口調で、

「ま、今日はおいしいものでも食べて、ゆっくり休むんですね。お腹の赤ん坊のためにもね。なにしろ、お母さんになるんだから」

と言った。すると、ユキコさんの目が大きく見開かれ、パパを見つめた。

「二人目なんです」

えっ？　と問い返すパパに、あわててママが説明した。

「そうよ。ユキコさんは、もうとっくにお母さん。三つになる男の子がいるのよ」

パパは、その子はどこに？と、辺りをきょろきょろ見回した。その様子がおかしかったのだろう、初めてユキコさんの顔がほころんだ。

「夫と一緒に、夫の実家にいるんです。マサトというんです」

「なんだ……一緒に連れてくればよかったのに。ママと離れて、寂しがってるんじゃないか？」

パパは咎めるように、ママに言った。困った顔になったママが口を開くより先に、ユキコさんが言った。

「そこまでのご迷惑は……。本当は私も夫の実家の世話になればいいんでしょうけど、夫の実家の方も大変で。隣町なんですけど、あちらも道路が寸断されたり被災した所が多いらしいんです。それに年寄りもいるから……」

続きをママが引き取って言った。

「とても落ちついてお産なんてできそうにないの。そんな訳だから、ユキコさんは遠慮したんだけど、とにかくユキコさんだけでもうちに来てもらうことにしたの」

「日曜には、夫がマサトを連れて来てくれることになっているんです。いたずら盛りで、騒々しくすることと思いますが、よろしくお願いします」

ユキコさんが改めて丁寧にお辞儀をするので、パパはうろたえた様子で応えた。

「あ、それはもちろん」


その夜は、私はいつまでも寝付かれなかった。蒸し暑いせいもある。しかしそれよりも、私は壁を隔てた隣の部屋が気になって仕方がなかった。隣の部屋からは、低いうめき声、そして時々、驚いたような悲鳴に似た声が、いつまでも響いていた。

朝、私とパパが出かける頃になっても、ユキコさんは起きてこなかった。

「ようやく寝付いたようだから、そっとしておきましょう」

ユキコさんの部屋を覗いてきたママが言った。

その日は、急いで学校から帰った。帰ると、ママとユキコさんがリビングでお茶を飲んでいた。くつろいでいるらしい様子にほっとしたが、のんびりお茶していたわけではないらしい。二人の前に紙が広げられ、何か相談しながらその紙に書きつけていた。これからの予定とか、買い物リストなどのようだった。その中には、今日、スーパーで買う物のリストもあって、それはさっそく私に申し渡された。

　翌日は土曜日で、私はいつもの土曜日のように、少し朝寝坊した。パジャマのままのんびりキッチンに降りていくと、すっかり身支度のできたユキコさんがママと並んで朝ご飯を作っていたので、あわててしまった。久しぶりにぐっすり眠ることができた、と、ユキコさんは嬉しそうに言った。今までで一番さわやかな顔だった。

　翌日の日曜日は、もっと元気そうになっていた。もうすぐ、マサトが来るの。ユキコさんは、まるで内緒話をするかのように私の耳元でささやいた。朝からそわそわしていたユキコさんは、お昼前、玄関のチャイムが鳴ると、弾かれたように立ち上がった。いそいそと玄関に向かう。つられるように私も玄関に行った。玄関では、サキさんとママが、顔を合わすやいなやのおしゃべりを始めていた。なんだ、サキさんか、と、私が思ってしまったとき、ユキコさんの顔がパッと輝いた。

「マサト！」

　サキさんの後ろで開いたままになっていた玄関先に、男の人と男の子が立っていた。

「ママ！」

　男の子が、サキさんを押しのけるようにしてユキコさんにとびついた。

「サキさん、案内して下さったんですね」

言われてサキさんは、目を見張った。

「いや、ちょうどそこのところで迷っていたら、サキさんの姿が見えたので、ああ、ここだな、と」

男の人はそう説明すると、サキさんとママに深々と頭を下げた。

「この度は、本当にありがとうございます。何から何まで……」

ママが、あわてて言った。

「まあ、とにかく、あがって。お互い報告しあわなきゃならないことが、山積み！」

マサトくんがユキコさんにしがみついて離れないので、思い切って声をかけた。

「マサトくん、はじめまして。おうちの中でお姉ちゃんと遊ぼ。ママも一緒だよ」

ママがびっくりしたような顔で私を見た。私はどちらかというと人見知りの激しい質《たち》で、年下の子どもの面倒を見たりするなんて、苦手なのだ。だけど、そんなことを言っている場合ではないと思った。日帰りしなければならないのでほんの数時間しかいられないマサトくんに、この家でできるだけ早く居心地よくしてもらいたかった。

「私たちで色々相談しておくから、ユキコさんは休んでいたらいいわ」

サキさんがそう言うので、私とユキコさんはマサトくんを連れて二階に上がった。ママとサキさんとマサトくんのお父さん、そしてパパも加わって、リビングではお互いの報告会が始まったようだった。

マサトくんは、思わずギューッとしたくなるくらいかわいらしかった。こんな弟が欲しい。このままうちにいればいいのにな。そう言うと、ユキコさんは声を出して笑った。

「大変！　なっちゃんのママが倒れちゃうわ。とってもやんちゃなんだから」

だけど、この日、マサトくんはちっともやんちゃではなく、ユキコさんの腕にしがみついて離れようとしなかった。私と積み木遊びをするにも片方の手だけでするのだった。夕方にはマサトくんのお祖父ちゃん・お祖母ちゃんのところに帰らなきゃならないのに、大丈夫だろうか、と心配したのだったが、遊び疲れるうちにユキコさんの膝で眠ってしまい、マサトくんのお父さんにそっと抱きかかえられて帰っていった。


やがて夏休みが始まった。ユキコさんがいる。そして日曜日には、マサトくんが来る。わくわくするような夏休みになった。初対面の時に既に大きいと思っていたユキコさんのお腹はますます大きくなり、マサトくんはうちに来る度に少しずつ慣れて、次第にやんちゃぶりを発揮するようになった。

「すみません、騒々しくて」

ユキコさんは時々パパやママにあやまっていたが、パパやママは、むしろユキコさんのお腹のことを心配しているようだった。

「もういつ生まれるかわからない時期なのだから、そのことを忘れちゃだめよ」

幸い、マサトくんは私によくなついてくれたので、腕にぶら下がってでんぐり返ししたり、両手を持って回転させて飛行機ごっこをしたりは私が相手をしてあげた。

そうして夏休みが過ぎようとした頃、ユキコさんがあらっとお腹を押さえた。土曜日の夜のことだった。

「痛いの？」とママが尋ね、ユキコさんはうなずいた。「陣痛かしら？」とママがつぶやき、「そうかも」とユキコさんもつぶやいた。「順調、順調！」。ママははしゃいだ声を出し、ユキコさんも、アイタタ…とお腹を押さえながら、その顔はほっとしたように明るかった。

そのあとも、ユキコさんは平気な顔になったかと思うと「イタタ…」とお腹を押さえる、ということを繰り返し、平気なときには、病院に電話をしたり、入院の荷物をチェックしたりして、夜更け頃、パパの車でママと病院に向かうことになった。

出かける間際、ユキコさんは私の手を握って言った。

「明日、マサトが来るの」

「大丈夫。私が病院まで案内するから」

「きっと、ね？」

念を押されて、私はママに確認した。

「市立病院の産科に行けばいいのよね？」

…私ひとりで行けるかな…

ママはうなずき言った。

「大丈夫よ。ママは付き添うから今晩帰らないけど、パパは送ってくれたら戻るから。パパと一緒にいらっしゃい。明日には、生まれてるわ、きっと。生まれたらすぐ電話するわね。奈津子も赤ちゃんに会いたいでしょう？」

生まれたての赤ちゃん！

「頑張って！」

私は思わず、ユキコさんの手をギューッと握り返していた。


次の日は朝からそわそわした。パパもそうだったんだと思う。めずらしくはりきって朝ご飯を作ってくれたけど、トーストは焦がすし、お皿まで一枚割ってしまった。

心待ちにしていた電話は、二人がぼんやりテレビを眺めていたときにかかった。私は受話器に飛びついた。

「無事に生まれたわ。かわいい女の子よ。母子とも健康。……なにもかも、うまくいったわ」

電話の向こうのママは、大きく深いため息とともに、そう言った。

「そうか、なにもかも、うまくいったか…」

私が伝えたママの言葉を繰り返し、パパは何度も大きくうなずいた。

「よかった…本当に、よかった…」

そして、私に言った。

「さあ、行くぞ！　赤ちゃんにご対面だ」

私たちは急いで出かける準備をした。ちょうど車に乗り込もうとしたところに、マサトくんとマサトくんのお父さんがやってきた。お父さんは、すぐに察したようだった。

「生まれたんですね？」

私はあわてて後部座席のドアを開けた。

「よかった、間に合った…」

お父さんがつぶやいた。

そうだ、赤ちゃんが生まれたと聞いて、二人を病院に案内することをすっかり忘れていた。あんなにユキコさんと約束したのに。私は恥ずかしくなってしまった。

ユキコさんの病室をノックすると、ママとサキさんが、出迎えてくれた。

「ほら…」

二人はユキコさんのそばの小さなベッドに、私たちを招いた。生まれたての赤ん坊を見るのは初めてだ。ちっちゃなちっちゃな赤ん坊——。

マサトくんのお父さんも私の横から赤ん坊を覗き込んだ。

「元気そうだ。よかった…よく頑張ったね」

マサトくんのお父さんは、ユキコさんの手を握りしめようとした。

「ママ……」

赤ん坊とユキコさんを交互に見ながら、マサトくんもユキコさんにすがろうとした。しかし、二人の手は、ユキコさんの手に触れることなくすり抜けてしまった。

ユキコさんは赤ん坊を見つめ、つぶやいた。

「あの人にも、マサトにも、よく似てる……。もう、ひとりじゃない。この子がいる……」

大人たちは、口々に言った。

「そうよ、この子がいるわ」

「よく頑張ったな」

マサトくんのお父さんは、マサトくんの手をひき、そっとベッドから離れた。そして、病室のドアのところから、私たちに頭を下げた。深い深いお辞儀だった。マサトくんがくしゃくしゃの顔になって、お父さんになにか訴えているようだった。しかし、もう私にその声を聞くことはできなかった。最後にマサトくんのお父さんは、私を見つめた。その口が動き、そして二人の姿は病室から消えた。「ありがとう」と言ったのだろうか。「二人をよろしく」と言ったのだろうか。

多分、両方なのだろう。


やがて私たちは病室を出た。ユキコさんと赤ん坊を休ませてあげなきゃならない。

病室のドアを後ろ手に閉めると、サキさんが大きく息をついた。

「よかった……ほんとうに、よかった」

私たちもお茶にしようと病院の喫茶室に向かいながら、サキさんがママに言った。

「あなたが、とにかく赤ん坊を無事産むことだけを考えよう、他のことはその後にしよう、と言ったときは、でもその先はどうなるんだろうと不安で一杯だったけど、あなたの予想は見事にあたったわね」

「そうね。きっと赤ん坊が、ユキコさんを現実に引き戻してくれる……予想というより、期待だったわね。だって、あんな悲惨なこと……自分の家族も、実家も、ご主人の実家も、無くしてしまうなんて、とても信じられないだろうし、無理に信じようとすれば、辛すぎて、とても臨月近い身体を持ちこたえられるとは思えない……とにかく、ユキコさんの気持ちに添って、なりゆきに任せるしかない、と思ったの」

突然、パパが、私の頭に手をおいた。その手でがしがしと私の頭を撫でながら言った。

「奈津子、えらかったな。いつもユキコさんの気持ちになってあげて、最後まで、よく、約束守ってくれたね」

疑問が解けた——。それは、それまで気になりながらも考えないでいようと思っていたことだった。パパには、マサトくんも、マサトくんのお父さんも、見えていなかったのだ。

ママは？　ママも？

私はママを見つめた。ママは、何も言わずに私の肩を抱いた。そっと優しく。それから、ぎゅっと。私はママに尋ねるのをやめた。ママも、私に何も聞かなかった。

あの夏、突然引き裂かれた人たちは、その運命を信じられない思いの中で、互いを求め合っていたのだろう。そうして徐々に現実を受け入れていくなか、時々、思いを共にし、互いを慰めあっていたのだろう。あの夏、彼らのそんな時間に、私は迷い込んでいたのかもしれない。

明日、わたしは

昔むかし、わたしは王女さまだった……と響子は思った。

それはそんなにひどく昔のことではない。まだ十二年しか生きていないわたしの昔、一所懸命思い出そうとしたら、ぼんやりとよみがえる日々。パパが王様、ママは女王様、三人きりの小さな国だったけれど、それは間違いなく、王国だった。絵本のページをめくるように毎日が新しく、わたしを真ん中に、パパとママはよく笑った。そして、わたしの笑顔を競い合った。わたしが泣くと二人はおろおろし、わたしが笑うと彼らはほっと顔を見合わせ微笑んだ。——この国の本当の支配者はわたしなのだ。——わたしの願いはたいていはかなえられ、かなえられないときは、パパもママもわたしの顔の高さにまでかがみ込み、願いをかなえてやれない理由を説明しながら詫びたりなだめたりした。理屈のわからないわたしは泣いたりすねたり怒ったりしたあげく、やがて疲れて眠ってしまい、夢心地に感じる頬や頭を撫でる二人の手のやさしさに、二人を許すのだった。

それは、あっという間に過ぎ去った、昔むかしの日々。

本当だろうか。響子は記憶を洗い直してみる。赤ん坊だったわたしの短い日々。その心地よさの記憶は、本当にわたし自身のものなのだろうか。たとえば、隣の家のおじさんとおばさんが赤ん坊のままあちゃんをあやす様子を見ているうちに、勝手につくりあげた物語ではないだろうか。そんなことはない。あれは間違いなくわたしの記憶だ。わたしにも、あのままあちゃんのような日々は、確かにあったのだ。

王女さまの時代はすぐに過ぎ去ってしまったけれど、次にわたしは魔法使いだったではないか。響子は自分に言い聞かせ、具体的な思い出もあれこれ残っている幼児期の記憶をよみがえらせる。

あまり笑わなくなったパパとママ。頼もしさものびやかさもなくなった二人は、もうわが家の王様でも女王様でもない。だけど、そんな彼らをわたしは微笑ませることができた。魔法使いね、とママは言った。響子の顔を見ると、ほっとする。疲れがとんでいく。

とげとげしい言葉をかわし睨み合う二人の間に入っていくと、パパは言った。よそう、響子が見てる。

その頃のわたしには、二人の喧嘩をやめさせる力があった。

それもまた、昔の話。だけど、そんなにひどく昔ではない。手を伸ばせば届きそうな、すこしばかりの昔。どうすれば、手が届く？　どうすれば、あの魔法の力を取り戻すことができるのだろう。

自分の部屋で、布団を頭からかぶって、それでも耳に入ってくるパパとママの声に震えながら、響子は考える。ほんの少し前のわたしなら、寝ぼけたふりをして目をこすりこすり、部屋の襖を開ければよかった。そうすれば、二人はピタリと口をつぐみ、次には無理矢理の笑みを貌に貼り付け、言ったものだ。どうしたの？　眠れないの？　怖い夢でも見たのかな？

そしてママは立ちあがると響子の手を取り、再び響子を布団に入れると、ぽんぽんと軽く布団を叩きながら言う。そばに居てあげるから、安心して眠りなさい。そのママの目は、ありがとう、と言っていた。パパとの喧嘩から連れ出してくれてありがとう……。

だけど、それは、もう魔法使いではない響子には使えない手だ。襖をそっと開けた響子を初めてパパとママが二人して睨み据えたのはいつのことだったろう。

子どもはさっさと寝てろ！

どなったパパに、子どもに八つ当たりしないで！　とママも甲高い声で返し、響子はあわてて襖を閉めて蹲っていた。もう二人は、響子がいる、なんて理由でいさかいをやめたりはしない。

やがてパパがお酒を飲む日が多くなり、その量が増えるうちに、二人の争いは喧嘩でさえなくなった。ある夜、パパはママを殴った。その一撃で、ママは黙った。

今となれば、喧嘩していた日々のことさえ、なつかしい。喧嘩の前には話し合う時間があり、喧嘩のあとには仲直りのときがあった。

今、わが家は再び小さな王国になった、と響子は思う。パパが暴君、ママが奴隷、そしてわたしは……。

ある夜、パパの怒声の合間合間に聞こえてくるママの涙声のなかに、あの子さえいなければ……というママのつぶやきを、響子は聞いた。

今、響子はパパとママの間に横たわる「邪魔者」だった。いつの頃からか閉じ籠もっているしかなくなったこの響子の部屋の中でさえ、侵略してくる彼らの声に居場所をなくしそうだった。

ここに、わたしは、居ない方がいい？　ここに、わたしは、居ちゃいけない？


あの子さえいなければ……。あのつぶやきが、面と向かってわたしに放たれたとき、わたしはどうすればいいのだろう。思うやいなや、響子は頭をかかえ、つぶやいていた。ごめんなさい、ごめんなさい……。わたしがいったい、なにをした？　頭の片隅にそんな疑問がよぎったが、そんな疑問にかまってはいられなかった。あなたが居るから…あなたのせいで…そう詰め寄るママの怒りを鎮めるのに、ほかにどんな言葉があるというのだろう。


「響子がいなければ、どうだって？」

ろれつの回らなくなったパパの声が響いた。

「別れるってか？　パートに出始めたのもその準備だろうが、笑わせるね。たかがスーパーのパートで暮らせるとでも思ってるのか」

なぜ、パパはそんなことを言うのだろう。家のローンもあるし、響子の教育費だって掛かってくるし。ママはそう言って働き始めたのに。

耳を塞いで眠ってしまいたかった。だけど、それも怖かった。いつかのように、パパがすっかりパパでなくなって暴れ始めたら、そのときはやっぱり布団から飛び出してあの襖を開けなきゃならない。そんなときのパパは夜の影のように大きくて、それはとても怖ろしいことではあったけれど。

やがて朦朧としながらも響子の意識の一部は隣室の気配を窺い続け、夜はいつ果てるとも知れなかった。

それでもやがて朝はきて、響子は重く疼く頭を起こした。悪い夢から覚めたときのようだった。だけど、この頭痛の原因が夢のせいなどではないことは、すぐに思い出せた。そろそろと起き出してダイニング・キッチンに向かう。横に置いた新聞を見ながら食事をしているパパ。背中を向けて調理台で包丁を使っているママ。いつもの朝だ。だけど、昨夜の争いは夢ではない。だって、家の中の空気はこんなにも暗くて重い。

振り向きもしないで、ママが言った。

「響子？　早く支度しなさい。遅刻するわよ」

いつもの声のそのママの顔がいつもどおりなのかどうかはわからない。

頭痛が、とは言えなかった。とりあえず、支度をしよう。家を出よう。学校に行こう。いつもどおりに動いていれば、傷口にかさぶたができるように、家のささくれだった空気も少しずつ変わるかもしれない。


家を出たところで、まあちゃんを抱いた隣のおばさんに会った。会社に行くおじさんを見送ったところのようだった。響子に気がついて、おはよう、と言った。おはようございます、と応えた響子に、朝のあいさつがまだ足りないかのように話しかけてきた。

「もうすぐ運動会ね。がんばってる？」

「ええ、まあ……」

あいまいに返事をすると、おばさんはうん、うんとうなずいた。顔いっぱいのやさしい笑顔。どうやら慰められているらしい。昨夜のパパとママのいさかいの声は、隣の家まで聞こえているのだろう。わたしは夫婦喧嘩の絶えない隣の家のかわいそうな女の子なのだ。

「バイバイ、行ってくるね」

響子はおばさんではなくまあちゃんに、軽く手を振った。そして、思った。

まあちゃん、あなたはいつまで王女様でいられるのかな？　あなたのママは、いつまで女王様でいてくれるのかしら?

＊

学校に着いてタカちゃんやアユコとおしゃべりしているうちに、頭痛は治まった。そのかわり、授業中は眠くて、四時間目の社会の時間にはとうとう居眠りしてしまった。

だけど授業が終わって、先生が注意したのは、響子ではなくアユコだった。先生はわざわざアユコの席まで行くとアユコの顔をのぞきこんだ。

「このごろ、居眠りが多いんじゃない? 運動会の練習で疲れてるのかな?」

アユコは首をすくめて、気をつけます、と言った。そして、響子の方を見て、ペロリと舌を出した。

「アユコったら、盛大に眠ってたもんねえ」

三人並んでの帰り道、タカちゃんが言った。タカちゃんの席はアユコの後ろなのだ。

「眠っていないときはぼんやりしているし。たしかに、最近のアユコ、変よ。ねえ?」

タカちゃんは響子に同意を求めてきた。響子はあいまいにうなずいた。実は、気がついていなかった。

どうしちゃったの?とたずねるタカちゃんに、アユコはべつに、と簡単に答えた。

タカちゃんは不満顔になった。

「なんか、このごろ、つまんないのよね。アユコもキョーコも。冗談言ってもノリが悪いし。なんか、機嫌が悪いって感じ。わたしのせい？　わたし、なんか悪いことした？」

響子はあわてて首を横に振った。

「そんなこと、ないよ。タカちゃんが気にするようなこと、なんにもない」

そして、付け加えた。

「このごろ、ちょっと疲れているせいかも。今日なんて、わたしも居眠りしちゃった」

それはタカちゃんを納得させる返事にはなっていなかったが、タカちゃんはとりあえずふうんとうなずき、次いでアユコの言い訳を待った。しかし、アユコはなにも言わなかった。三人黙ったまま、タカちゃんの家との別れ道に来た。すると、アユコは突然大声でサヨナラ、と言った。タカちゃんの顔がクシャッとゆがんだ。が、すぐにくるりと背を向けると、サヨナラ、と返して曲がり角を足早に遠ざかった。

「アユコ、悪いよ。タカちゃん、気にしてるよ」

おろおろして響子は言った。二人の間になにかあったのだろうか。わたしは何も気がついていない……。と、アユコは素直にうん、とうなずいた。

「悪かった。八つ当たりしちゃった。明日、あやまる」

そして、付け加えた。

「喧嘩別れみたいになったらいやだもんね」

驚く響子に、アユコは言った。

「わたし、また、学校変わるから。たぶん、今月中くらいに」

また——。アユコの言葉が響子の頭の中で響いた。一年生のときに転校してきたアユコは、三年生のときによそに転校し、去年、また帰ってきた。離婚でアユコを連れてこの町の実家に帰ってきたお母さんが、再婚することになって引っ越しし、また戻ってきたのだ。

「おばさん、結婚するの？」

また、という言葉はのみこんで、響子はたずねた。

「多分、ね」

ため息まじりにアユコは応えた。

「アユコも行くの？　遠くなの？　アユコはこっちにいちゃ、駄目なの？　今まで通り、おじいさんやおばあさんと暮らせばいいじゃない？」

矢継ぎ早に尋ねる響子に、アユコはう〜ん、と考え考え答えた。

「わたしはそうしたいんだけど……だって、知らない男の人と一緒に暮らすんだよ。お母さんってば、すぐにその人のこと、お父さんって呼ばせたがるし。……本当は、お母さんだって、わたしが居ない方がずっと具合がいいと思うんだけどね。うん、きっと、わたしが居ないほうが結婚生活も長続きすると思う」

「じゃあ、そうすれば……」

「駄目だって。おばあちゃんが、わたしは絶対にお母さんと離れちゃいけないって。おばあちゃんは離れていてもわたしのおばあちゃんだけど、お母さんは、離れると、わたしの母親だってこと、忘れてしまうって。おばあちゃん、自分の娘のこと、信用していないんだよね。相手の人のことは、もっと。だから、わたしを監視役につけなきゃって思ってるの。お母さんはお母さんで、男の人が本気かどうかを、わたしと一緒に暮らしてくれるかどうかで決めてるみたい。わたしはスパイでもリトマス紙でもないって」

最後の台詞はおどけた口調で言いたかったようだが、成功せず、アユコはため息をついた。そのため息にこめられた色々な想いが伝わってきて、響子は涙が出そうになった。

昨夜のわたしのような記憶を、アユコも持っているのだろうか。それ以外のどんな思い出をアユコは持っているのだろう。それは、昨夜のわたしの記憶よりもつらいものだろうか。家に居てもくつろげなくて、夜が更けても眠れなくて、学校でぼんやりしているときだけがなにかしら落ち着いて……。

なんだか、少し、アユコが大人に見えた。

＊

帰り着くと、家に明かりはなかった。ママはまだスーパーから帰ってきていないらしい。パパが帰ってくるまでに、夕食の支度ができるよう帰ってきてくれればいいけど。

とりあえず、洗濯物をとりこんでおこうかと庭を見ると、洗濯物は出ていなかった。今日は洗濯、しなかったんだろうか、と思ったとたん、胸がドキンとなった。もしかして、ママは帰ってきて、また出掛けた？　どこへ？

突然、アユコの言葉が思い出された。――お母さんは、離れるとわたしの母親だってこと、忘れてしまう――。

そんなことって、あるだろうか？　ママも、わたしを置いて一人で家を出たなら、わたしのママであることなど忘れてしまう？　そうなのかもしれない。もしかしたら、それは今のママに残されている、とっておきの魔法かもしれない……。

響子はあわてて頭を振った。乱暴に頭を振って、湧き上がったいやな想像を振り払う。

アユコのせいだ。アユコがいなくなる。そうなれば、学校も殺風景なつまらないところになってしまう。そう思ってすっかり落ち込んでしまった。それで、こんな、いやなことばかり考えてしまう。そう思いつつ家に入り、ダイニング・キッチンで響子は足をとめた。そろそろ薄暗くなった部屋のテーブルの片隅に、頬杖をついたママがいた。ママ、居たんだ。ほっとして「ただいま」と言うと、掠れた声が「お帰りなさい」と応えた。

「今日、スーパーは休みだったの？」

平静を装って、響子は尋ねた。すると、ママは振り返って言った。

「こんな顔で、どこにも行けやしない」

頬杖をはずした目の下に、大きな青いあざがあった。響子は思わず息をのんだ。しかし、同時に、やっぱり、とも思った。朝、一度も響子を見ようとしなかったママの背中を思い出した。わたしは知っていた。だけど、知らないふりをした……。なにか言わなきゃ、と思った。あやまる？何を？慰める？　なんと言って？　響子に思いつく言葉はなかった。

「さて、と」

ママはのろのろと立ちあがると明かりを点けた。

「それでも、時間は経つ、あの人は帰ってくる。なにか作らなきゃね」

冷蔵庫を開けて、ママは考え込んだ。響子はランドセルを自分の部屋に置くと、なんとなく、といった感じでママのそばをうろうろし、言いつけられるままにお風呂の支度をしたりテーブルに食器を並べたりした。パパが帰るまでにすっかり夕食の準備ができ、響子は密かに胸をなで下ろした。パパを怒らせる原因、今のところはない、と、
しかし、待ちくたびれてママと二人だけの食事を済ませてしまっても、パパは帰ってこなかった。今度はそのことに胸がどきどきしてきた。パパはまた酔って帰ってくるのだろうか。酔っぱらったときのパパは、パパじゃない。

パパの食事だけを残し片付けたテーブルに、ママは再び頬杖をついた。

「宿題すませて、お風呂に入って、さっさとおやすみなさい」

響子の顔を見もせずに、ママは言った。

玄関でがたんと音がして、ママの肩がびくんと震えた。風のせいででもあったのか、パパが帰ってきた音ではなかった。そうとわかって響子はほっとした。ママもほっとしたようだった。響子はふと浮かんだ想いを口にした。

「ママ、……パパ、帰ってこなければいいね」

ママは苦笑いした。が、続いて、ずっとママと二人だけならいい、と言ったとき、ママはきっとなって響子を睨みつけた。

「響子まで、わたしを困らせないでよ！　だれのために我慢してると思ってるの、こんな生活！」

響子は息をのんだ。やっぱり、言うんだ。——あなたのために、あなたのせいで、あなたさえいなければ——。

わたしがいるから、パパに、この家に、こんな暮らしに我慢している？　わたしがいなければ、「こんな生活」しなくていい？　我慢しなくていい？——

わたしがいても、我慢しなくていい！

「わたしのためなんかじゃない」

響子はつぶやいていた。と、ママはかっとなった様子で立ちあがった。ぶたれる！　そう思ったとき、響子の中のなにかがはじけた。

「こんな生活、わたしのためなんかじゃない！　わたしのせいにしないで！」

ママは立ち尽くし、じっと響子を見つめた。怖い、と思った。パパと向かい合っているときのような、張り詰めた気配が伝わってきた。やがてママは、押し殺したような声でつぶやいた。

「じゃあ、やめようか、こんな生活。……二人で不幸になろうか」

ふっと、張り詰めた気配が消えた。ママは響子を見つめ続けていた。その目は自分自身の言葉に驚いたように大きく見開かれていた。

「二人」という言葉が響子の胸をときめかした。響子はこくんとうなずいた。


その夜、響子が布団に入ってもパパは帰ってこなかった。響子は決意を秘めたかのような目をして響子を見つめ続けていたママの顔を思い浮かべ、その言葉を胸に繰り返した。――二人で不幸になろう――。この家を出ること、パパと別れること、そして、もっと仕事をふやし、響子と二人で暮らすこと。それはママにとって「不幸」なのだった。しかし、その「不幸」は、今よりももっと不幸なのだろうか。

そうかもしれない。だけど、ママは、わたしと一緒にそうなろうと言った。わたしは喜んでそうなろう。

やがて訪れた眠りは心地よかった。眠りに落ちていきながら、響子は心につぶやいていた。

「明日、わたしは『不幸』になる。ママと二人で『不幸』になる」

どんなものが潜んでいるのかわからないけれど、とにかく、ママとわたしの新しいページがめくられる。

パタン…

パタン…

男の手が、いきなりユキトを襲った。その手はユキトをなぎ払って転倒させ、ユキトはストーブに打ちつけられた。ストーブの上のヤカンが倒れ、熱湯が浴びせられた。一瞬の出来事だった。しかし、その時、ユキトは、確かに聴いた。

パタン…。

合図の音がした——。

パタン…。

この音がユキトの頭の中で響くと、ユキトの視界は狭く狭く閉ざされる。もう彼の目には、男と男の輪郭をなぞるに足るだけのわずかな空間しか見えない。男の背後にある家具も、その蔭で蹲っているはずの母親の姿も、もう見えない。

パタン…。

この音がすると、ぼくは、どこかちがう世界に投げ込まれているのだ——。

ユキトは、以前、学校にやってきた人形劇団の舞台を思い出していた。パタンと音がすると、サッと黒い幕が降りる。そして、次の瞬間、舞台はまったく違ったものになっている。

今、ぼくに起こっていることは、そうしたことなのにちがいない……。

無意識のうちに両手で頭をかばっているユキトを、男はさらに殴った。わめきながら殴り、蹴った。そもそもは、男が吸っていた煙草の煙にユキトが咳き込んだのがいけなかったらしい。わざとじゃないのに。

ストーブのヤカンがひっくり返ったのが、さらによくなかった。熱湯がはねて、男にもかかったという。

それなら、こうしてぼくを殴るより先に、お湯のかかったところを冷やせばいいのに。水道の水をダーダー流して、冷やすんだ。そうすれば、ひどい火傷にならないですむ。ああ、ぼくも早くそうしたい。早くしないと、間に合わない。お湯のかかった右手右足がヒリヒリする。男の殴る痛さもわからないくらい、ヒリヒリする……。

しかし、そう思う一方で、ユキトにはわかっていた。この時間は、しばらく続くにちがいない。ぼくは、当分、お湯を浴びた手足を水で冷やすことはできない。だって、「パタン…」と音がした。この合図の音とともにいきなりユキトを襲うこうした時間から、抜け出すことのできる合図を、彼は知らない。ユキトは、ただ待つしかなかった。男が厭きるのを。それとも、自分の意識が朦朧となり、やがて失われてしまうのを。

パタン…

コトコトと音がする。台所からの音だ。ご飯の炊ける温かい匂いが漂う。あたりは明るい。どうやら、あの落とし込まれた世界から抜け出たらしい。ユキトはゆっくりと目を開き、辺りを見回した。くすんだ天井、カーテンのかかった窓、カーテンの隙間から硝子越しに見える空。大丈夫。ちゃんと世界は整っている。これが本当の世界だ。

しかし、昨日の別の世界に落ち込んだときの出来事は、ユキトの記憶にも身体にもしっかりと刻まれていた。ユキトはいつの間にか寝かされていた布団の中で、ぎしぎしと音をたてそうに強ばった身体をゆっくりとほぐした。右手を見ると、肩口から肘まで、包帯が捲かれている。包帯は、何度も洗って使われているので、くすんだ色をしていた。

台所の音がやんだ。人の動く気配がし、ユキトの頭上から声が響いた。

「起きた？　もうすぐご飯ができるからね」

ユキトを覗き込む人影が、母親の顔になった。

朝だ。いつもの朝だ。学校に行く準備をしなくっちゃ。

あわてて身体を起こそうとしたユキトは、その途端、全身を走る痛みに思わず呻いた。

「いいよ、いいよ。まだ寝てていいのよ。今日は学校、休もうね」

それもそうだ。こんな身体で学校に行ったら、また一騒動になる。この町に越してくる前のように。

ユキトはつい一、二ヶ月前まで暮らしていた町でのことを思い出した。一、二ヶ月前のその夜、ユキトは母に手を引かれて、その町の小さなマンションの一室を後にしたのだ。まるで何かから逃げるかのようだった。

何からだろう。男から?

逃げると言えば、ユキトには、ほかに思いつかなかったのだが、そうでないのは明らかだった。なぜって、その夜、男はしっかりと母親とユキトの側にいて、二人は男に急き立てられるようにして持ち出す荷物をかき集めたのだった。

「まったく、こうるさい町だぜ。医者といい、管理人といい。民生委員が何様だって言うんだ」

男はぶつぶつとつぶやいていた。

その夜も、ユキトは腕に包帯を捲いていた。その時にはすでに薄汚れていたけれど、病院で捲いてもらった時は、真っ白だった。

その夜は、母の身体のどこかにも、同じような包帯だか絆創膏だかがあったはずだ。

その数日前、母とユキト、二人を順に手当しながら、医師はため息をついて言った。

「どんなことで、親子二人してこんな火傷になるのかねえ…」

母がおどおどと答えた。

「この子、落ち着かないところがあって、台所でなんか騒々しいことしててお鍋をひっくり返したものだから…」

「それで、あなたがあわててこの子をかばって、あなたも火傷しちゃった、と」

パタン…

医師が母の言葉を引き取って言った。医師は続けて言った。

「火傷のほうは、これでいいでしょう。しかし、この際だから、他のところもきちんと診ておいた方がいいと思いますよ。何かでぶつけたんじゃないかなあ、気になるアザがある。とりあえず、レントゲン、撮りましょう」

いいです、と母は言った。え？　と問い返した医師に、もう一度、いいです、と言った。

火傷は、母親の方がひどかった。ユキトを怒鳴りつつ部屋の隅に追い詰めていた男がふと思いついたように台所の鍋をかざした時、母親がユキトに覆い被さったのだ。なにが起こったのか、よくわからなかった。なにが起こったのかということよりも、そのときユキトは、母の腕に抱きすくめられていることに、ただ陶酔していた。

火傷以外も診ようと言う医師の勧めを振り切って帰宅したその日から、ユキトの家には民生委員と名乗る人がやってきたり、管理人が何かと用事を作っては顔を出すようになり、これまで挨拶をかわすだけだった隣の住人がわざわざ母親やユキトに話しかけたりした。そうした全てを母親は煩わしがり、男はその一つ一つに腹を立てた。

医師が指定した包帯の取り替え日に、二人は行かなかった。そうしてその夜、二人は男が見つけた新しいアパートに引っ越したのだ。

それは随分昔のことのように思われた。

果たして、あれは現実の出来事だったのだろうか？　本当に、母はぼくのかわりに熱湯を浴びたりしたのだろうか？

「今度の学校、どう？」

母の声がした。

ああ、間違いない。これが現実だ。母が、ユキトの学校のことを気にしている。ユキトのことを、気にしている。

「学校、行きたい？」

母の問いに、少し考えて、ユキトは「うん」と言った。へえ、と母は驚いた声を出した。

学校は、ユキトにとって居心地のいいところではなかった。前の学校では、家を出ても学校に足が向かわず、近所の公園や神社の裏庭をただうろうろとしたときもあった。学校に行っても、ただ教室の椅子に座っているだけのことだった。それでもちゃんと配られる給食はありがたいので、それを食べると、抜け出して裏山に行ったりして時間をすごした。誰も自分のことなど気にしていなかった。

今度の学校でも似たようなものだったけど、一つ、違ったことがある。

数日前、転校生が来たのだ。朝、先生と一緒に教室に入ってきたその子は、ユキトと同じくらい小さくてやせっぽちだった。大きめのくたびれたセーターを、袖口を捲くって着ていた。

「あいつ、おまえと同じとこだよな」

ユキトの後ろで声がした。「おまえ」と言われたユキトの隣の席の子が、後ろから鉛筆でつつかれてもぞもぞしながら、「ああ」と答えた。

転校生がこちらを見た。睨まれたような気がした。「おっかねえ」と後ろの席の子がつぶやいた。

先生が黒板に転校生の名前を書いた。先生に促されて、転校生は、「たやま　かずき」とその名前を読み上げた。そして続けて言った。

「青葉寮に住むことになりました。よろしくお願いします」

転校生はペコリと頭を下げ、後ろの席からまた「おっかねえ」という声がした。

このとき、ユキトはこの校区に青葉寮という養護施設があることを知った。隣の席の子もどうやらそこで暮らしているらしい。

その日、転校生は、ユキトがそうであったように誰からも声をかけられず、誰にも話しかけず、学校での時間を過ごしていた。ユキトの場合は、次の日も、その次の日も転校してきた日のままで、今もそうなのだが、この転校生もそうなるのだろうか？　そうすると、ユキトは教室にひとりぼっちというわけではなく、一人でいる二人のうちの一人、なんてことになるのだろうか。

ユキトがちらちらと様子を窺うものだから、転校生の方でも、時々ユキトを見返すようになった。そしてその日の下校時間、いつものように一人で昇降口を出ようとするユキトに声をかけてきた。

「おまえも青葉寮？」

驚いてユキトは言った。


パタン…

「違うよ！」

反射的にユキトは転校生を睨みつけていた。

男の声が脳裏に響いた。――施設にでもどこにでも放りこんじまえ！――　そして、その瞬間声を失ったような母の顔。――冗談だよ、冗談……――　男は言い、そうしてこの町に新しい住処を見つけたのだった。

ユキトを養護施設に入れないために引っ越してきたこの町で、養護施設にいる子に出会うなんて。急にユキトは、この転校生がただの転校生ではないように思われてきた。

転校生はユキトが睨みつけても一向にひるまなかった。

ふうん、とつぶやくと、さっきと同じ口調で言った。

「おまえも転校生？」

今度はユキトもうなずき、転校生はまたもや「ふうん」と言った。

転校生は校門に向かって歩き始めた。数歩歩き、ユキトを振り返った。

「どうしたの？　帰ろうぜ」

弾かれたように、ユキトも歩き始めた。こんなふうに誰かと歩いて帰ることに、ユキトは慣れていなかった。つい歩みはのろくなり、普通に歩く転校生との距離が拡がった。再び転校生は振り返った。そしてユキトがわざとであるかのようにゆっくりと歩いてくるのを見ると、ふんと鼻を鳴らした。そして足早になり、ユキトとの距離はどんどん拡がっていった。転校生は、もう振

パタン…


り返らなかった。

次の日、やはり一日誰とも言葉をかわすことなく過ごしたらしい転校生は、下校時間になると「帰ろうぜ」と言った。それはユキトの隣の席の子にかけた言葉だった。「ああ」と隣の席の子は答え、二人は教室を出ていった。

その次の日も、転校生は隣の席の子に「帰ろうぜ」と声をかけ、「ああ」と答えた方の子は、もう一人のいつも一緒にいる友達に「帰ろうぜ」と声をかけ、三人で連れだって教室を後にした。

この日から、転校生はクラスの誰彼となく言葉をかわすようになって、たちまちのうちに「転校生」ではなくなっていくようだった。

彼は時々ユキトを見た。まるで観察するかのような目で。時には、今にも話しかけそうな素振りで。その度にユキトはドキドキした。彼は、もうユキトに「帰ろうぜ」とは言わなかったが、彼の目にユキトが映っていることは確かだった。それは、ユキトにとって、充分に学校に行く理由になった。

もしも今度、彼が「帰ろうぜ」と声をかけてきたら——。目を閉じ、再びまどろみの中に落ちていきながら、ユキトは考えていた。——その時は、彼と同じ速度で並んで歩こう…。


どのくらい眠ったのだろう、次に目が覚めたとき、部屋は薄暗かった。昼間でも電気を点けなければ暗い部屋なので、朝なのか昼なのか、それとももう夕方なのか、わからない。

今は、どちら側なのだろう、とユキトは思った。パタンと音のする向こう側なのか、それともちゃんとした現実の世界なのか。

部屋は静まり返っていた。男はいない。それはよいことだ。ユキトは息を潜めることなく、普通にしていられる。しかし、母親のいる気配もなかった。この頃、母親は、ときどきこんなふうに姿を消す。いつ帰ってくるかわからない母親をぼんやりとただ待っている時間は息苦しく、それはやはり、パタンと音がしたあとの世界のように思われた。

ユキトは朝よりは少し楽に動くようになった身体を起こした。部屋の隅にある小さなテーブルを眺めた。そこには何もなかった。以前は留守の間の指示を書いたメモとか、袋に入ったパンとかがあったものだけど。

ああ、そうだ、——もうすぐご飯ができるからね——母は、そう言っていた。

台所に行くと、炊飯器にご飯が炊かれていた。お鍋にみそ汁。スーパーのトレイに入ったコロッケもあった。よかった。今はきっと、パタンのこちら側だ。ユキトはほっとして、保温されて温かいままのご飯をよそおった。

空腹が治まると、ほかにすることも思いつかず、布団に潜り込んだ。一人でいるときは電気もストーブも点けてはならないことになっている。危ないから、と母親は言った。いつだったか、一人でいるときにストーブを点けてテレビを観ていたら、帰ってきた男にいきなり殴り飛ばされた。勝手なまねをするな、と男は言った。ユキトが何をしていても、男は怒る。多分、何もして

パタン…

いなくても同じことだろう。男に殴られない方法はひとつだけ。気配を消してしまうことだ。男が、ユキトに気がつかないように。たとえば、こんなふうに、部屋の隅の布団にくるまっていることだ。入って直ぐは冷たかった布団の中は、しばらくするとユキトの体温で心地よく温まり、やがてユキトは眠りに落ちた。

何度目かに目覚めると、母が戻っていた。母はコンビニの袋の中身をテーブルに広げ、ぼんやりとテレビを眺めていた。テレビからは朝のニュースが流れていた。ユキトは急いで起きあがると母の側に行き、テーブルの菓子パンを掴んだ。それをかじりながら、学校に行く準備をした。

「学校、行くの？」

あきれたような声で母親は言った。

ユキトは「うん」と答え、家を出た。学校に行く以外、ユキトが部屋を出ることのできる理由が思いつかなかった。学校に行く、と言えば、とにかく家を出ることができる。家を出たあと、どこに向かうことになろうとも。

しかし、この日、ユキトはまっすぐ学校に向かった。

一時間目が何の授業かもわからなかったけれど、とりあえず教室の自分の席に坐った。チャイムの音とともに教室に現れた先生が、ユキトを見て言った。

「風邪、治ったか？」

母親は、欠席の理由を尋ねる教師の電話に、風邪だと答えていたようだった。ユキトはコクンとうなずいた。

「そうか、よかったな」

授業が始まった。時間割がわからないので机の上に自由帳を広げているだけのユキトを誰も見とがめることはなかった。ユキトはテレビでも眺めているかのように教壇の先生とその周りの生徒たちを眺めた。緩やかに時間が過ぎていった。

質問しては生徒を指す先生の指が転校生に止まったとき、転校生が大きな声で答えたので、ユキトは驚いた。自分と同じくらい小さくやせっぽちの転校生が、やけに格好良く見えた。

給食の時間が終わり昼休みになると、生徒たちは次々と教室を出て行った。てんでに飛び縄を持っている。どうやらこのクラスの今のはやりは縄跳びのようだ。

教室からみんな出て行ってしまった、と思ったら、転校生が引き返してきた。つかつかとユキトの方に来る。

「風邪、まだ治ってないのか？」と転校生は言った。

だから外に行かないのか、と尋ねているのだろう。ユキトは「ああ、まだ少し」と答えた。ふうん、と言った転校生は、続けて言った。

「ほんとに？　ほんとに、風邪？」

ユキトはぼんやりと転校生を見返した。どういう意味だろう？　確かに、ユキトが休んでいたのは風邪のせいではないけれど、そんなこと、なぜ転校生が気にするのだろう？

パタン…


そのとき廊下からバタバタと足音が響き、一人の生徒が飛び込んできた。その生徒は自分の席の机の引き出しや自分のカバンをガサガサと何かを探しているようだったが、次にユキトたちに向かって言った。

「ない！　ぼくのゲーム機！」

ぼくはぽかんとその生徒を眺めた。

と、その生徒はぼくたちに詰め寄り言った。

「返せよ！　今、返してくれたら、誰にも言わないから」

「何のことだよ」

問い返す転校生の声は落ちついていた。

「ぼくのゲーム機！　君たちが教室に残ってるから気になって戻ってみたら、やっぱり！　返せよ！」

「知るか！」

転校生は簡単に答えた。いつの間にか、教室にはほかの生徒たちも戻っていた。

「君じゃないんだな。じゃ、君だ！」

ゲーム機の主は、ユキトを見据えた。

パタン……。

ユキトは例の舞台の暗転を告げるいやな音を聴いたような気がした。生徒たちの顔がみるみる大きくなり、迫ってくるようだった。

　これからのことがわかるような気がした。彼らはユキトのランドセルを取り上げるだろう。その中身をぶちまけ、ゲーム機がないのを確認し、同時に薄汚れた少々の教科書やノートしかないのを知り、あきれ嘲ることだろう。

　出てくるはずもないゲーム機を探してユキトをこづき回し、やがて諦めたときには、ユキトは「ゲーム機どろぼう」にされていることだろう。そうして、いじめられたり無視されたりの日々が始まるのだろう……。

　ゲーム機の主の手が、ユキトのランドセルにかかった。するとその手を転校生が押さえた。

「やめろよ」

　転校生は、大声で言った。

「ゲーム機って、なんだよ！　そんなもの、本当にあったのかよ！　だれか、今日、こいつのゲーム機見た者いるのか？」

　誰も答えなかった。転校生は続けて言った。

「誰か、先生呼んで来いよ！　先生に、全員の持ち物検査やってもらおうぜ！」

「いいよ！」

　ゲーム機の主は言った。

「もう、いいよ」

パタン…

昼休みの終わりを告げるチャイムが鳴った。

放課後になると、帰り支度のできた転校生がユキトの方にやってきた。

「帰ろうぜ」

転校生は、ユキトの隣の席の子と、その子の友達に声をかけた。そして次に、ユキトにも言った。

「帰ろうぜ」

ユキトはあわててランドセルを背負うと、転校生たちの後を追って教室を出た。

青葉寮がどこにあるのか、ユキトは知らなかったが、学校を出てしばらくは転校生たちはユキトと同じ道を歩いた。途中の四つ角で、転校生は他の二人に、先に帰っててくれと言った。二人は道を曲がって行き、転校生は、そのままユキトと並んで歩いた。

「明日、学校休むなよ」

突然、転校生が言った。

「明日休むと、勝手にゲーム機どろぼうにされてしまうからな。絶対、休むなよ」

え？　とユキトが転校生の顔を見ると、転校生もユキトの顔を見ていた。真っ正面から、強い目で見ていた。

ユキトのアパートが近づいていた。アパートの前に、母親の姿があった。ちょうど買い物から帰ったところなのだろう、スーパーの袋を下げている。転校生は立ち止まり、ドアをあけ家の中に入っていくユキトの母親をじっと見つめた。

「あの人……？」

「ああ、ぼくの母親」

転校生は「ふうん」と言った。そうして、次に言った。

「ほんとに？」

その言葉の意味がわからず転校生の顔を見ると、転校生は母親の姿の消えたドアを見つめたまま言った。

「母親って、ずっと母親のままでいるとは限らないんだぜ。知らない間に母親じゃなくなってたりするんだぜ」

そして、ユキトを見ると言った。

「あの人、ほんとにおまえの母親？」

思わずユキトは後ずさっていた。そうして、転校生から逃げるようにしてアパートのドアに走り込んだ。ドアを開けると、玄関の三和土に男の靴があった。

翌日、ユキトは学校へ行くことができなかった。昼間から家にいた男が一日機嫌が悪く、何かにつけユキトを殴るものだから、体中のあちこちが腫れてしまっていた。手足や身体はともかく、顔も腫れてしまったので、朝、起きあがろうとしたユキトに母親は言った。

パタン…

「学校、今日は休みなさい」

そして、つぶやいた。「だから、顔はやめてって言ったのに。しょっちゅう学校休むもんだから、担任が家庭訪問に来たいってうるさいのに」。

それは男に言っているように見えたが、男が「なに?」と問い返すと、あわてて、何でもない、何も言ってない、とつぶやいた。

これで、ゲーム機どろぼうにされちゃうな……。

ぼんやりした頭でユキトは思った。してもいないことの犯人にされるのは悔しかった。それ以上に、せっかくユキトをかばってくれた転校生を裏切ったようで、やりきれない思いだった。今度、学校に行っても、転校生はもう帰りに「帰ろうぜ」とは言ってくれないだろう。

今度? この先、学校に行ける日が、来るんだろうか? 学校に通っている生徒たちの誰とも、僕は違う。他のみんなにはあたりまえのことが、僕にはあたりまえじゃない。少し僕に似ていると思った転校生だって、あたりまえに学校に通っているのに。この先、ぼくには、ほかの子どもたちには起こらないどんなことが待ち受けているんだろう?

男は外でトラブルを起こしてきたらしく、しばらく家に閉じ籠もっているようだった。いつまで? ユキトは時折かわされる母親と男の会話に耳を澄ましながら思った。せめて、いつまでか、わかったなら……。いつかは男がこの家から出て行く日が来ると、わかりさえしたなら……。

学校に行かないとなると、布団から出る理由もなく、あちこち疼く身体を丸めて横になっているユキトを、男は時折思い出したように引きずりだした。男がユキトをいたぶるのに、もう理由はいらなかった。テレビのチャンネルを変えるように、携帯電話のゲームを覗くように、男はユキトを殴った。声を上げることは男の怒りを増幅させるだけなので、いつしかユキトは歯を食いしばり声を出さないようにすることに慣れていた。それでも時折うめき声は洩れ、母親は耳を塞いで顔を背けた。

この人は、本当に母親か？　──母親？　ふと、転校生の言葉が脳裏をよぎった。

母親という名のこの人は、今も、ユキトを産み乳を飲ませ育ててくれたその人と同じ人なのだろうか？　──ほんとに？──　転校生の声が、ユキトの頭の中でこだました。

どのくらい時間が経ったのだろう。時折男に殴られつつ夢と現の間を行き来していたユキトの耳に、真新しい音が響いた。ドアを叩く音だ。その音とともに、少年の声がした。

「おーい、いるか？　いるんだろう？　ぼくだよ、タヤマだよ。おーい」

転校生の声だった。驚いて身体を起こしたユキトを、母親と男が同時に見た。

「おーい、おーい」

ドアの外の声は続いた。

「黙らせろ！」

男が押し殺した声で母親に命じた。母親は、どうしていいかわからずおろおろと男を見返した。

しかし、ユキトが返事をしようと立ちあがった時の反応は早かった。母親は、素早くユキトを抱きすくめると、その口を塞いだ。

「シッ！」

そして耳元でささやいた。

「こんな顔見られたら、今度こそ施設に入れられてしまう。ユキトだって、いやでしょ？　お母さんと引き離されるのは」

「おーい、出てこいよ。おーい！」

ドアの外では転校生の声が続いていた。その声は辺りをはばかることはなかった。むしろ、四方八方に届けとばかりの大声だった。

「話があるんだ。いい話だよ。ゲーム機、見つかったってさ。あいつのお母さんが、あいつが学校に持って行こうとしているのに気づいて、取り上げてたんだってさ。ゲーム機、最初から学校にはなかったんだ」

それは確かにいい話だった。ユキトは今すぐドアを開けて、その知らせの主に言いたかった。知らせに来てくれてありがとう！と。しかし、ユキトの口を塞ぐ母親の手は、緩まなかった。

ドアの外の大声は続いていた。やがて、その声に、ほかの大人の声が被さった。

「うるさいぞ！　いったい、どうしたんだ」

「留守なんでしょ、大声で騒がないで」

パタン…

部屋の中は静まりかえっていた。その押し殺した静寂の中、ユキトは母親と男の息を潜めた顔が怒りにゆがんでいるのを見た。絶望がユキトを襲った。やがて外の声は去るだろう。外も静まりかえり、本当の静寂がやってくるだろう。そのとき、ぼくはどうなるんだろう。男の怒りは、どんな形で爆発するのだろう……。

しかし、部屋の外は静まらなかった。

「管理人さんを呼んでよ！　この部屋、開けてよ！」

転校生の大声が、そう訴えるのを、ユキトは聞いた。そうして、やがて、ドアの外に、管理人さんらしい人の声。

「困ったねえ。留守の家を勝手に開けるなんて、できないんだよ」

「留守じゃない！　ぼくの友達がいるんだ。部屋から出られなくなってるんだ！」

「困ったねえ」

管理人さんは繰り返した。そうして、言った。

「本当に中にいるのなら、中から、開けてくれって言うのなら、開けないでもないけどねえ」

「いるよ！　いるんだ！」

転校生は、大声で繰り返した。

「おーい、いるんだろう？　おーい！　いるって言ってよ！」

そうして、ドアをドンドン叩いた。そのドアの響く音の中、ユキトは聞いたような気がした。

パタン……。舞台を変える合図の音。その音は、微かだったが、ユキトの頭の中でこれまでとは全く違った澄んだ音で響いた。それまで母親と男の顔しか見えなかったユキトの視界が開けた。部屋の壁、天井、窓、そして、ドア——。

ユキトは母親の手を振り払った。そして、叫んだ。

「ぼくはここだ！　外に出たい！」

母親が息を呑むのがわかった。同時に男がユキトに飛びかかった。そのとき、ドアが開いた。さあっと明るい光が差し込んで来るのを、ユキトは見た。

健人、十歳

ぼくが止まると、後ろの足音も止まった。歩き始めると、また後ろから足音がした。ぼくは振り返った。

「なんで、つけてくるんだよ！」

すると、足音の主は、はね返すように言った。

「つけてなんか、ないもん！」

そして、早足でぼくに近づき、ぼくに並んだ。そして言った。

「あたしんち、こっちだもん。あんたと同じ、谷井アパート。知らなかった？」

知らなかった。この町に引っ越して二週間と少し。この町の小学校に通い始めて、二週間。ぼくは毎朝早く家を出て、放課後は新しい町をうろうろして夕方遅く家に帰る。同じアパートにだれがいるか、なんて、知らなかった。

「あたし、あんたと同じクラス。隣の席。知ってた？」

たたみかけるように、その子は言った。それは知っている。知ってるとも。給食の時間になると元気がなくなって、おかずを食べ残しては先生に注意されている。少し前から、「いい？」とささやいて、おかずの半分くらいをぼくの食器に移してくるようになった。初めはびっくりしたけど、給食の時間以外はきらきらしている目が、べそをかいたような顔で「お願い」と言っているので、黙って受け取ることにした。

もっとも、そのおかげで、今日は大騒動だった。反対側の隣の席のやつが、「おい、家で食べさせてもらえないのかよ。おれのもやるよ」などと言って、今日のおかずだったシチューをどぼどぼとぼくの食器に入れるものだから、ぼくはその手を振り払い、ついでにそいつの胸を突いて……そしたらそいつは、簡単に突き飛ばされてしまった。はずみで周りの机や椅子が動き、それはたいしたことではなかったけれど、その拍子に何人かの食器がはねたり落ちたりして、中味があたりに飛び散って……ほんとに、たいしたことではなかったんだけど、すごいことのようになってしまった。周りの席の連中が立ち上がってぼくたちを囲み、やれ！やれ！とか、やめろ！やめろ！とか、とめる声やらけしかける声やらが響いて、気がつくと、先生が猫の仔を掴むみたいにぼくとヤツの襟首を掴んでいた。

給食の残りの時間とその後のお昼休みの間、ぼくとヤツは先生の机の横に立たされて、一時間だけあった午後の授業が終わると、二人そろって職員室に呼び出された。

二人を並べて、先生は、給食の時間に騒ぐなとか、食べ物を粗末にするなとか、それまでにもさんざん口にしたお説教を繰り返し、「お互い、早く仲良くなれよ」なんて、何をどうすればよいのかわからないようなことを言って、ヤツを帰した。そして一人残されたぼくに「まだ家庭訪問ができていないんだ。できるだけ早く行きたいから、お母さんの都合のいい日をきいておいてくれ」と言った。多分、ぼくは、反射的に嫌そうな顔をしたんだと思う。「心配するな、今日の騒ぎを言いつけたりしないから」と、先生は笑い、「あ、これ」と、ビニールの袋を差し出した。中に給食のパンの丸々新しいのが一個。

「あの騒ぎで食べ損ねたんだろ。ちょうど隣のクラスで休んだ生徒がいて余ったから、持って帰れ」

ぼくは受け取った。そして、ぺこんと頭を下げると回れ右して職員室を出た。

隣の席の、〝ヤツ〟ではなく女子のほうの子は、いつからぼくの後ろを歩いていたんだろう。学校からずっと？　ぼくが職員室から出てくるのを待ってたんだろうか。なんのために？　疑問はすぐに解けた。ぼくの横をぼくの速さで歩きながら、その子は言った。

「ごめんね。あたしのせいで、先生に叱られちゃったね」

「なんだ、そんなことか」

ぼくは拍子抜けしてつい声に出して言った。

「怒ってない？」

「別に。……君のせいじゃないし」

そうだ。悪いのは、反対側の隣の席の、〝ヤツ〟の方だ。

「よかった！」

その子は嬉しそうにそう言うと、「これからも、嫌いなおかず手伝ってくれる？」と続けた。

ぼくを待ってた本当の目的は、これ？

「別に、いいけど」

ぼくはどうでもよさそうに応えた。実際、どうでもよかった。学校の給食って、結構おいしいし、量だってそんなに多くない。丸ごと食べてと頼まれたって、へっちゃらだ。

それよりも、ぼくはその子がぼくと同じ団地に住んでいることの方が気になった。

ばあちゃんが亡くなって、もうすぐ三ヶ月。母親が帰ってきて一緒に暮らすようになって、七十……五日、かな？　母親は、しばらくの間、ぼくがばあちゃんと住んでいた町で仕事を探していたが見つからず、やがてぼくと二人、この町でのアパート暮らしが始まったのだけど、暮らし始めて驚いた。両隣の部屋の物音や話し声、テレビの音、それに上の部屋の足音などが筒抜けなのだ。左隣からは始終赤ん坊の泣き声が響き、右隣からは大声で笑ったり喧嘩したりする子どもの声と、それを叱る親の声が聞こえてくる。一度、母親は右隣の壁に読んでいた雑誌をぶつけて叫んだ。「うるさい！」。右隣の大騒ぎが、ピタリと止んだ。……右隣の子じゃないよな。まさか、ね。

「あんたんち、何号？」

女の子のほうから聞いてきた。Bの203号と答えると、女の子は目を丸くした。「へえ、同じ棟なんだ……。あたしんち、Bの102」

一階だ。ぼくはほっとした。すると、女の子は、つぶやいた。

「203号、引っ越してきてたんだ……。空き室のままだと思ってた」

そして、内緒話のような口調になった。

「気をつけた方がいいわよ。あんたんちの下の103号室の人、おっかないから。以前203に住んでいた人と大ゲンカして、追い出しちゃった」

ぼくがぎょっとすると、女の子は大人ぶった口振りで続けた。

「もっとも、ね、203の方が悪かったの。男の子が二人いたんだけど、部屋で立てる物音がすごくて、それが朝も夜もお構いなしだったものだから、下のおじさん、注意しに行ったのね。夜くらいは少し静かに出来ないかって。そしたら、それから、子どもたちだけじゃなくて、親たちの足音もひどくなっちゃって。……そんな意地悪、しなきゃよかったのにね。そんなことしたものだから、大ゲンカになったとき、誰も203の味方しなくって、二階に住んでいる人たちの間でも気まずくなっちゃって、結局、出て行っちゃった」

それは、ぼくんちの右隣よりもうるさかったのだろうか。だとしたら、相当なものだ。女の子の家は、ぼくの右隣の下になるんだけど、女の子たちの家族は平気なんだろうか。そんなことを考えていると、女の子は言った。

「あんたんちは、きっと静かなのね。おじさん、ついこの前も、『上の部屋はまだ決まらないのかなあ、ちゃんとした人が入ってくれるといいんだがなあ』なんて。まだ誰も引っ越してきていないと思ってたみたいよ」

女の子は、ぼくを安心させようとしてそう言ったらしい。確かに、ぼくんちは静かだ。ぼくはちょっと複雑な気分になった。

話しているうちに団地に着き、ぼくたちの棟の前近くまで来た。

「あ、ママ！」

突然女の子は小走りになった。

そして、ちょうど棟の前に出てきた女の人にとびつくようにすがりついたものだから、ぼくはびっくりした。

「ただいま、ママ！」

……ぼくたち、四年生だよ？　そんな、まるでちっちゃな子どもみたいに「ママ！」だなんて、恥ずかしくないのかな。……見ているぼくの方が恥ずかしい気分だ。同時に、ばあちゃんのことを思い出した。ぼくが学校から帰ってきたのを見つけると、ばあちゃんは「おかえり！」とぼくの肩やら頭やらさわりたがったものだ。小さい頃からのその癖が、いつのまにかなんだか恥ずかしくなって、ぼくは「なんだよ、やめろよ」なんて……。あんなふうに嫌がったりしなきゃよかった。ぼくはふと思った。本当は、嫌じゃなかったのに。ちょっとくすぐったい気分で、恥ずかしかったんだ。

女の人は、胸に飛び込んできたボールみたいに女の子を受け止めると、女の子によく似た笑顔で「おかえり！」と言った。

が、その笑顔が、すぐに消えた。ん？　という顔になって、女の人は言った。

「なんだか匂うわよ。何の匂い？」

女の子も、ん？　という顔になったが、すぐに、「あ、」とつぶやいた。

「シチューだ……。給食のとき、こぼしちゃった」

「あらあら。着替えて早く洗っておかなきゃ。染みついちゃうわよ」

女の子は「うん」とうなずくと、ぼくに向かって「じゃあね、バイバイ」と手を振った。

バイバイ、とぼくは口の中でつぶやき、二階にあがる外階段に向かった。女の人の横を通らなきゃならなかった。ぼくは、できるだけ女の人から距離をとって歩いた。女の子にもシチューがかかっていたなんて、ぼくは気がつかなかった。その匂いに気づいたのなら、ぼくの匂いなんて、我慢できないくらいひどいかもしれない。


二階にあがり、カギを開けてぼくの家に入った。部屋に入ると、ぼくは着ていたものをすべて脱ぎ、パジャマ兼用のトレーナーの上下に着替えた。脱いだものは、洗濯機へ。

ばあちゃんの葬式が終わって三日後に現れた母親は、ばあちゃんの家でぼくと暮らすうちにばあちゃんのものをどんどん片付け、最後に残ったものとぼくとを小さなトラックに積み込んで、ばあちゃんの家を出た。洗濯機は、その時、運ばれたものだ。この団地に来てからは、近所のコインランドリーが便利だと言ってまだ使ったことはないが、大丈夫、使い方は知っている。ぼくはコンセントを差し込むと、水道の蛇口をひねった。洗濯機に水が溜まったところで、洗剤を入れ、ダイヤルをセットして、スイッチ・オン！ ダイヤルが0まで戻ると、ブザーが鳴る。それまでのあいだ、なにかして……と思ったとき、することがなにもないのに気がついた。引っ越しのとき持ってきた少しばかりの本はもう読み厭きたし、こんな昼間のまだ早い時間、テレビだって、観たいような番組はやっていない。だから、ぼくは、夕方の、なんとなく一日も終わりなにもしなくてもいいような時間まで、外で時間をつぶすことにしていたのだけど、今日はそうし損なってしまった。ぼくは、仕方なくテレビのスイッチを入れ、急に甲高くしゃべり始めたテレビの音を聞きながら、ランドセルから本やノートを取り出した。

とりあえず、宿題を片付けよう。洗濯が終わったら、外に行こう。夜までの時間は、家の中だけで過ごすには長すぎる。ぼくは台所のテーブルにノートを広げた。ばあちゃんが死んでから、宿題は？ とか、勉強は？ とか、テストはなかったの？ など言う人がいなくなったものだから、ぼくは以前ほど机に向かわなくなっていて、この頃は学校の授業もだんだんわからなくなってきていた。でも、先生に当てられてもじもじするのは、やっぱりカッコわるい。頭の隅を、隣の席の女の子がよぎった。あの子は、きっと、ぼくのこと、何の取り柄もない転校生だと思ってるだろうな。もしかしたら、出来の悪い方だと思ってるかも。本当は、そんなこと、ないんだぞ。――昼間のこんな時間に机に向かっていると、自分が何だか勉強好きの子のような気がしてくるから不思議だ。

洗濯機のブザーが鳴った。「洗い」終了。ぼくは洗濯機に向かった。水を抜いて、脱水して、もう一度水を溜めて、「すすぎ」にするんだ。今度は水道の蛇口は開けたまま。ぼくはダイヤルを「排水」にセットした。すると、いきなり排水ホースが暴れ出した。ホースの先からどっと水が飛び出し、たちまち辺りが水浸しになっていく。何が起こったのか、わからなかった。とにかく、この水をなんとかしなくちゃ。ぼくはあわててそばにあったバスタオルを掴むと床に押し当てた。たちまち水を吸って重くなったそれを直ぐ横の風呂場で絞り、また床の水を吸わせて風呂場で絞り……どのくらい、繰り返しただろう……ドアのチャイムが鳴った。こんな時に、誰だ？

今、それどころじゃない。……チャイムは鳴り続け、そのうちにドアを叩く音になり、次に人の声になった。

「おい、お〜い、何をやってるんだ、中にいるんだろ？」

その声は次に「だれか、中にいるんだな？　入るぞ！」と怒鳴ると、カギをかけていなかったドアを開け、本当に入ってきたらしく、荒々しい足音が近づいてきた。知らない男の人だ。その人は部屋の奥の風呂場の前までやってくると、バスタオルを手にしゃがみこんでいるぼくを睨み付けた。

「これか――。なんてことしてくれるんだ！　おかげでウチがひどい雨漏りだ！」

下の階の「おっかないおじさん」だ。ぼくは瞬間、体が動かなくなってしまった。声も出ない。

おじさんは、ぼくの手からバスタオルを取り上げた。そして、すごい勢いで手とタオルを動かし、床の水を吸い取り始めた。ぼくは最初、ぽかんとそれを見ていたが、はっと気がついて、もう一枚のバスタオルを取り出して再び床ふきを始めた。しばらく、二人はただ床ふきをした。やがて床の水たまりがなくなると、おじさんは排水ホースの先を手にした。

「はずれたのか」

おじさんはしゃがみこむと、洗濯機の下を覗いてゴソゴソし始めた。

「なんだ、最初からつないでないんじゃないか。――使ってなかったのか。越してきたばかりか？」

おじさんは、独り言なのかぼくに尋ねているのかわからない口振りでぶつぶつと言った。

「これでよし」

おじさんは立ち上がると水道の蛇口をひねった。水が溜まっていくのを見ながら、「家の人はいないのか？」と、今度ははっきりとぼくに尋ねた。ぼくがうなずくと、「いつ、帰る？」。答えられないでいると、おじさんは、じろじろとぼくを眺めた。

「お父さんか、お母さん。いつ帰ってくるんだ？」

「夜」

とりあえず、ぼくはそう答えた。洗濯機に水が溜まると、おじさんはダイヤルを「すすぎ」にセットし、タイマーを適当に回した。回転する水が排水ホースから排水口へ、今度は溢れることなく流れていく。おじさんはしばらくそれを眺めたあと、言った。

「あとは、自分でできるな?」

ぼくがうなずくと、おじさんもうなずき返した。

「じゃあ、これで帰るが、家の人が帰ってきたら、ちゃんと話しておくんだぞ。うちの天井、えらいことになってるから、もしかしたら、修理しなくちゃならん。その時は大家に直してもらうが、修理代はお前の家が払うことになるかもしれんぞ」

ぼくは、よほど情けない顔をしていたに違いない。最後におじさんは、少し優しい顔になって言った。

「泣かんでいい。わざとじゃないことはわかったから、家の人にも、叱らんように言ってやるよ」

おじさんが帰ったあと、ぼくはぼんやりした気分で洗濯機を眺めた。すすぎが終わると脱水し、二度目のすすぎをして、脱水。ほかになにもする気が起こらないので、ぼくは洗濯機の動きを監視し続けた。そして、洗い終わった服などをハンガーに掛けると風呂場のドアの上からぶら下げ、家を出た。そろそろスーパーが夕方のバーゲンを始める時間になっていた。

＊

夜。眠っていたぼくは、気配を感じて目を覚ました。母親が帰ってきている。よかった、とりあえず、帰ってきている。「急に深夜のシフトを頼まれることがあるんだけど、それやると、割がいいのよね。できるだけ断らないで引き受けることにするから、夜、帰ってこないことがあっても気にしないでね」――十日ばかり前にそんなことを言われ、それから二度、夜中もずっと帰ってこないことがあった。でも、今日は帰ってきたんだ。眠っていた頭に、今日一日のあれこれが蘇った。洗濯機のこと、母親に言わなきゃ。下のおじさんのことも。すごい勢いで怒ってやってきたけど、おかげで洗濯機が使えるようになった。そうだ、担任の先生の伝言も。家庭訪問をしたいって。人の気配が、部屋の中をあちこち動くのを感じながら、ぼんやりしていた頭が少しずつはっきりしてくる。今日あった色んなこと、言わなきゃ。眠い目をこすりながら起きあがり、目を開く。と、電気を点けていないままの部屋に、母親はいなかった。風呂場から水音が響いていた。お風呂に入ってるんだ。お風呂から出てきたら、言わなきゃ。ぼくは再び布団の中にもぐりこんだ。母親がお風呂から出てきて、ぼくの横に布団を敷き始めたら、そのとき、言わなきゃ。

……言わなきゃ……。

目覚ましのベルの音で、目を覚ました。結局ぼくは、母親がお風呂から出てくるのも待てず、また眠ってしまっていた。隣の布団を見ると、母親が眠っていた。化粧を落とし目を閉じている寝顔は、知らない人のように見えた。ぼくは起こさないようにそっと起きあがり、学校に出かけるための朝の準備を始めた。ふと思いついて、ノートを一頁裂くと、考え考え鉛筆を動かした。「○せんたく機の水があふれて、下の１０３の人が雨もりしたと言ってきました。その人はせんたく機を直してくれました。○松井先生が、家庭訪問をしたいそうです」

もっと詳しく書かないと、何のことかわからないかもしれない、と思ったけれど、どう書けばいいのかわからない。でも、こう書いておけば、「何のこと？」と、母親の方から訊いてくるだろう。ぼくはこの紙を台所のテーブルの上に置いて、家を出た。

学校では、先生がなにか言いたそうにぼくを見ながら、結局何も言わなかったり、隣のヤツがじろじろぼくを見ながら、ぼくが見返すとそっぽを向いたり、ちょっとぎくしゃくしたところもあったけれど、だいたいいつも通りに過ぎていった。隣の席の女の子は給食の時間になると、「いい？　食べきれないの」と自分のおかずの三分の一くらいをぼくのお皿に移してきた。その子の名前が恩田絵美だということを、この日覚えた。

放課後は図書室で、貸し出しはしてくれない漫画雑誌を読んで、それから家へ帰る新しい道を探しながら回り道をして帰った。ばあちゃんといた町のようにあちこちに畑や空き地があったりしないので、散歩、というよりは、町歩き、という感じだ。でも、知らない道を歩くのは面白い。公園や神社など勝手に入っていい場所をチェックしながら、家への方向がわからなくならないように気をつけながら、いろいろなところを通り、そのうち夕方になったら、家を目指し、近くのスーパーで買い物をして帰る。いつの間にか習慣になったパターンだ。

あ、明日は土曜日だ。ぼくはちょっと憂鬱な気分になった。学校に行かなくていい二日間。ぼくは何をして過ごそう……。

＊

土曜日だから、目覚ましはかけなかった。眠りたいだけ眠って目が覚めると、いつの間に帰っていたのか、隣には母親が寝ていた。帰ってたんだ。ぼくはほっとする。静かに起きて、テレビを点ける。ボリュームはいつも下げているから、母親の眠りの邪魔にはならない。――多分。

あちこちチャンネルを変えながら昨日買っておいたサンドイッチを食べていたら、そのうち母親が目を覚ました。ん〜ん、と伸びをしながらゆっくり上半身を起こすと、しばらく布団の上に座ったままでいたが、やがて思いきったように弾みをつけて立ち上がった。「サンドイッチ、食べる？」と声をかけると、「あ、いいわね」と言うので、新しいパックをテーブルに出した。母親が食べなかったらぼくがお昼に食べればいいからと思って、二人分買っておいたんだ。――いつもの朝は、母親は、何を食べてるんだろう？――

布団を片付け、洗面所に行っていた母親は、台所に来ると冷蔵庫から牛乳を出した。あ、牛乳があったんだ、と思ったら、母親は二つのコップに牛乳を注ぎ、一つをぼくに差し出した。母親はぼくの肩越しにテレビを観ながら、黙って牛乳を飲み、サンドイッチを食べた。次に着替えをし、化粧を始めた。そうしながらちらちらとテレビを観ているのは、テレビ画面の隅の時間表示を気にしているのだ。たいてい、そうなのだけど、今も母親は急いでいるようだった。ぼくは話さなきゃと思っていた一昨日の出来事を話すのをやめた。出かける間際になって、「あ、そうだ」と母親がぼくに向かって声を出した。母親は財布から千円札を出した。

「これ。角のケーキ屋さんでなにか買って、下の人に持っていっといて。『このまえはありがとうございました』とかなんとか言って。――できる？」

ぼくはうなずいた。母親はもう一度財布を覗いた。今度は五千円札を取り出した。「これ。ご飯代」そうして、急ぎ足で家を出た。ぼくは急に胸がドキドキしてきた。たいていは、ぼくが学校から帰ってくるとテーブルに何か置いてある。母親が買ったり作ったりしたご飯やおやつだ。それが無いときは、お金が置いてある。五百円玉が一個か千円札が一枚。確か、夜、帰ってこれなかった時に、その埋め合わせのように千円札が置かれていた。五千円って、どういうことだ？　今日、母親は帰ってこないのだろうか？……いや、たまたま財布に千円札がなかったのかも知れない。ぼくはそう思うことにした。

お金をポケットに入れて、家を出た。角のケーキ屋さん、ね。あのおじさん、ケーキなんて食べるんだろうか。

アパートの入り口のところで、女の人に呼び止められた。

「ちょっと、幸田さんちのボク……」

立ち止まると女の人は小走りに近づいてきて「お母さん、１０３に行ったかしら？」と尋ねてきた。大家さんだ。

「あ……これから。角のケーキ屋さんで何か買って……」

しどろもどろになってそう答えると、大家さんは笑顔になった。

「そうそう、昨日、教えてあげたの。あそこのクッキーの詰め合わせ、あれがいいわ。日持ちするし、見栄えもいいし、お値段も手頃で」

そして、しげしげとぼくの顔を見た。

「自分でお洗濯しようとしてたんですって？　えらいわねえ。それに、すぐ気が付いて床ふきしたから、天井の水洩れもすぐ収まったそうよ。修理しなくてすみそう。よかったわね。でも、お詫びとお礼は言わなくちゃね。お母さんに、よろしくね」

大家さんはにこにことそう言うと、アパートの庭の奥に消えた。

なんだ、母親、大家さんに会ったんだ。ぼくの置き手紙を覚えていたわけではなかったんだ。

角のケーキ屋さん、だなんて。

角のケーキ屋さんで、大家さんお薦めのクッキーの詰め合わせを買った。団地に引き返し、１０３号のチャイムを鳴らした。すぐに一昨日のおじさんが出てきた。

「一昨日は、ありがとうございました」

ぼくはぺこんと頭を下げ、「これ……」とケーキ屋さんの袋を差し出した。「ん？」と、おじさんは、きょろきょろと辺りを見やった。ぼくの後ろに、母親の姿を探しているようだった。

「一人か？」とおじさんは言った。多分、そう訊かれると思っていた。ぼくは用意してきた言葉を口にした。

「お母さんは今、毎日帰りが遅いので、ぼくが一人で。……お母さんが、早いほうがいいから、って」

おじさんは黙ってケーキ屋さんの袋を受け取った。そうして奇妙な顔でぼくを見るので、ぼくは不安になった。やっぱり、ぼくが一人で来たんじゃだめだったのかも知れない。ぼくは、嘘を足した。

「今度、休みがとれたら、改めてご挨拶にきます、って」

「いや、そこまでのことじゃない。天井も、乾いてみればどうってことなかったんだ」

突然、おじさんの手が伸びた。その手はぼくの頭に降りてきて、ぽんぽんと軽く叩いた。

＊

その夜、母親は帰ってこなかった。日曜の夜も帰ってこなかった。

月曜日、目覚ましの音に起こされて、学校に出かけた。早くから布団に入って、たっぷりの時間寝たはずなのに、眠くて頭がぼんやりしていた。いつもより少し遅い時間で、大勢が学校に向かっている。その中を歩いていると、突然ぼくが一人なのに気がついた。前の学校では、家から学校に着くまでの間、友達とおしゃべりしたり、知り合いと合図をかわしあったりしていたのに。こっちの学校に来ても、そのうちそうなるだろうと思っていたのに。そうならない理由は、自分でもわかるような気がした。こっちに来てからのぼくは、以前のぼくとはまるで別人のように、無口で暗くてさえないやつだ。当分は、ひとりぼっちのままだろう。ぼくは足を速めた。二人連れや三人連れ、もっと大勢のグループをぐんぐん追い越していった。少し前に、恩田絵美の後ろ姿が見えてきた。女友達二人と一緒に歩いている。ぼくはいっそう足を速め、女の子たちを追い越した。すると「幸田くん!」と呼び止められた。

「103号のおじさん、幸田くんのこと、ほめてたよ。しっかり者のいい子だって」

振り返ると、恩田絵美は、ヤッタネ! と右腕を空に向けて突き出した。どう返事したらいいかわからなかった。とりあえず、ぼくも右腕を突き出し同じ仕草を返した。そして、早足のまま学校に向かった。学校に着いた頃、この学校に来て初めてクラスメートから名前で呼ばれたことに気がついた。

「帰る前に、ちょっと、職員室に寄ってくれないか」

教室を出る前、先生はそうぼくに声をかけた。やっぱり、と思った。家庭訪問の都合を聞いておいてくれ、という先生の頼みを、ぼくは放ったままだった。叱られるかな。ぼくはランドセルを片付けると、のろのろと職員室に向かった。職員室の先生の机の横に立つと、「お、来たか」と言って、先生は机の引き出しから茶色の封筒を取り出した。

「これ、お母さんに渡してくれ」

受け取ったその封筒の表には、母親の名前が書いてあった。

「必ず渡して、返事をくれるように伝えてくれ」

ぼくは、顔がカッと熱くなった。先生は、ぼくが伝言を母親に伝えていないと思ってる？　と、先生はため息混じりに言った。

「引っ越しや転職やで、お母さんもなかなか忙しそうだが、学校の書類のほうも、まだいろいろと揃っていないものが多いんだ。一度きちんとお話したいと思ってね。……実は何度か、携帯に電話させてもらったんだが、つながらなくてね。もしかしたら、お母さん、書類に書くとき、番号を書き間違えたかな？　そう思って職場に電話してみたら、辞められたと言うんで、ちょっと大袈裟だが、お手紙にしたわけだ」

ぼくは、ぽかんとした表情で先生を見返した。転職って……この町に勤め始めたことではなくて、その勤め始めた職場を、辞めて、変わった、ということ？　そんなこと、聞いてない。

先生も、ん？　どうした？　という顔でぼくを見返した。ぼくはあわててぺこんと頭を下げると職員室を飛び出した。

胸がどきどきしていた。母親が五千円札を置いて行ったときのように。夜、いつまでたっても戻ってこなかったときのように。いや、そうした時よりも、もっと。

校門を出ると、ぼくは家とは反対の方向に歩き出した。まだ歩いたことのない新しい道だ。周りの景色がふわふわとして見えた。信号が赤の交差点で立ち止まると、地面がぐらぐらしているように感じた。

じっとしていられない気分でぼくは歩き続けた。以前の町では、真っ直ぐ歩き続けると、山裾や一面の畑や入り組んで立てられた住宅やで行き止まりになってしまったが、この町では、そんなことはなかった。道は、必ずどこかに続いていた。

小さな公園に通りかかった。誰もいない。ぼくは片隅のブランコに腰かけた。ゆらゆらと揺れながら、ぼくは考えるともなく考えた。

ぼくは、母親のことを何も知らなかった。ばあちゃんは母親のことはあまり話したがらなかったので、ぼくも訊かなかった。ばあちゃんが亡くなって三日後に母親が現れたけど、なんだかピンとこなかった。お葬式の世話やら、そのあとのぼくの面倒などを看てくれていた人たちが、母親と「会議」を開いた。ばあちゃんは、自分が死んだらぼくは養護施設に入ると思っていて、近所の友達や民生委員の人たちに具合よく取りはからってくれるよう頼んでいたらしい。それでも、母親が帰ってきたのなら、母親と暮らすのが一番いい。近所の友達も民生委員さんもそう言った。わかりました、そうします、と母親は言った。ぼくは離れたところで、大人たちの声が聞こえないふりをして本をめくっていた。大人たちが帰ったあと、母親は、ぼくを見ながらつぶやいた。

「もう一度、やってみるね。あんたの母親を」

それまでの年月、母親がどこで何をしていたのか、ぼくは知らない。それどころではなかった。今、現在、母親がどこで何をしているのかさえ、ぼくは何も知らなかったのだ。

どのくらい、そうしていただろう。

「あっち!」

小さな子どもの甲高い声で、自分がただぼんやりブランコに揺られていることに気がついた。子どもがブランコを目指して走ってきていた。その後ろを女の人がゆっくりと歩いている。ぼくは立ち上がった。

あわてることはない。落ち着いて考えよう。

ぼくは来た道を引き返しはじめた。

多分、今日は、母親も戻ってくるだろう。家に帰らなくては。

来たときと同じくらい歩いたのに、まだ見慣れた道に戻らない。どうやら、道を間違えてしまったらしい。方角はあっているはずだ。多分、一筋か二筋、いつもと違う道を歩いているのだろう。ぼくは道を曲がって、しばらく歩いてまた曲がって、ぼくが住んでいる町と思う方向を目指した。いつのまにか夕方になっていて、あたりは薄暗くなってきた。おなかも空いてきた。ぼくはだんだん不安になってきた。こんなことで、家に着けるのだろうか。

コンビニを見つけた。ぼくはほっとして、中に入った。コンビニは、スーパーよりものが高い。いつもはコンビニでの買い物はしないのだけど、そんなこと、言っていられない。おにぎりとジュースを買った。お金を払うとき、お店の人に、ぼくの町の名前を言って道を尋ねた。「ああ、それなら」と教えてくれた方角は、ぼくが思っていたとおりだったので、安心してまた歩き出した。だけど、やがてぼくは立ち止まった。あたりはすっかり暗くなっていた。家の灯りや街灯に照らされて浮かぶ町並みは昼間とはまったく違った景色になっていた。もし、ここが知っている場所だったとしても、わからないだろう。ぼくは急に歩くのが恐ろしくなった。歩くことで家に近づくのか、それとも遠ざかってしまうのか。さっきお店で教えてもらった方角がどの方向かもわからなくなってしまった。それでも、歩かないわけにはいかない。ぼくは決心してまた歩き始めた。

小さな公園があった。公衆トイレの灯りがあかあかとともっていて、そのそばに大きな四角いものがある。近づいてみると、古いバスだった。錆びてがさがさしているドアが、押すと開いた。中に入ると、がらんとしていた。薄暗い中、車体からはずされたシートが窓際に並べられているのが見えた。ぼくはシートに座り込んだ。

膝を抱え、蹲った。なにも考えたくなかった。犬の遠吠えが聞こえた。その声がすぐ近くでしているようにも思えて、ぼくは体を固くした。ぼんやりとただ時間が過ぎていくのを待った。その間に、ぼくは何度かうとうとと眠ったようだった。何度目かにはっと目覚めたとき、辺りが薄ぼんやりと明るくなっていることに気づいた。夜が明けた……。ふうっと大きな息をついたとき、コンビニで買ったおにぎりとジュースを思い出した。ぼくはそろそろと体を伸ばし、深呼吸し、それからおにぎりを食べ、ジュースを飲んだ。バスの外に出て周りを見回すと、遠くに見覚えのあるマンションがそびえているのが見えた。その方を目指して、ぼくは走り出した。あれは、学校とぼくの家の途中にあるマンションだ。夜の間はわからなかったけど、ぼくは家の近くまで帰っていたのだった。

ばあちゃん、心配してるだろうな。こっぴどく怒られるだろうな。そう思った。ばあちゃんはもういないのに。

ドアのノブを回すと、鍵がかかっていた。鍵を開けて家に入ると、部屋の中は昨日の朝ぼくが家を出たときのままだった。母親は帰っていない。ぼくは押し入れから布団を引っ張り出した。そうして、その布団に潜り込んで眠った。

＊

健人、十歳

玄関のチャイムが鳴って、目を覚ました。

「幸田君！　おはよう！」

玄関の外から声がする。それが恩田絵美の声なので、ぼくはびっくりして飛び起きた。玄関に出てドアを開けると、ランドセルを背負った恩田絵美が立っていた。

「おはよう！　学校に行こう！」

そんなことを言うので、ぼくはますます驚いた。ぼくはどぎまぎしながら答えた。

「ごめん。まだ準備が出来てない」

すると恩田絵美はぼくを見据えるようにして言った。

「いつ帰ってきたの？　きのう、遅くまでいなかったでしょ。お母さんとお出かけしてたの？」

なんなんだ？　そんなこと、君に何の関係がある？　ぼくはむっとして言った。

「そんなこと、どうでもいいじゃないか」

すると恩田絵美はプンとした顔になった。そうして茶色の封筒を突きだした。

「これ。松井先生が、夕方持ってきたから。幸田君が帰ってきたら、渡してくれって」

あっと思った。職員室で渡されたはずの封筒。ぼくは持って帰っていなかったんだ。先生の机の上に置きっ放しにしたか、落としたかしたんだろう。ぼくが受け取ると、

「じゃ、私、行く。幸田君、遅刻しちゃうからね！」

やっぱり怒っている口振りでそう言って、恩田絵美は背を向けた。

そうだったのか。この封筒を渡すために、恩田絵美は何度かぼくの家に来たんだろう。そして、いつまで経っても帰ってこないのを知ったんだ。どうでもいいじゃないか、なんて言って、悪かっ

たな……。眠り足りないせいか、頭の芯がしびれたようなうずくような変な感じだったけれど、ぼくは学校にでかける準備をすることにした。


二時間目が始まる直前に、ぼくは教室にすべりこんだ。

「遅刻かよ」

隣の席のヤツがバカにしたように言った。反対隣の恩田絵美は、チラッとぼくを見て、すぐにプイとそっぽを向いた。授業が始まるとすぐに頭がぼんやりして、眠くて眠くてたまらなかったけれど、なんとかやり過ごした。給食のとき、恩田絵美はぼくにおかずを足してこなかった。

「ナスビ、食べてやろうか？」

ぼくはささやいたけれど、恩田絵美はナスビを箸ではさむと自分の口に放り込んだ。そして、噛まずに飲み込んだ。

午後の授業が終わったら、やっぱり先生に職員室に呼び出された。恩田絵美が届けてくれた茶色の封筒は、台所のテーブルの上。まだ母親の手には渡っていないだろう。ぼくは憂鬱な気分で職員室に向かった。思ったとおり、先生は言った。

「封筒、お母さんに渡してくれたか？」

ぼくは黙って下を向いた。すると先生は言いにくそうに言った。

「もしかして、おかあさん、昨日は帰らなかったのか？」

ぼくは黙って下を見ていた。それなのに先生は「そうか」と言った。そうしてもっと言いにくそうに口ごもりながら言った。

「お仕事か？　つまり、その……幸田にはちゃんとわかってるのか？　つまり……お互いちゃんとスケジュールとかわかっていて、連絡とれてるのか、ってことだが……」

この学校に来てからというもの、ずっとそうなのだけど、先生はぼくに答えられないことばかり尋ねる。どう説明すればいいんだろう？　ぼくが考えているうちに、先生の方が黙り込み、しばらくして、言った。

「そうか」

そうして、また、ぼくには何と答えていいのかわからないことを尋ねた。

「なにか、困ってないか？　先生で力になれることがあれば、何でも言ってくれ」

家に帰ると、テーブルの上の茶色の封筒が消えていた。その替わりのように、一万円札があった。どういうことだよ！　部屋の中は、朝、ぼくが家を出たときのまま、ぼくが片付けなかった布団がくしゃくしゃのまま広がっていた。頭ががんがんしていた。考えるのはよそう、今は。ぼくは着替えもせず布団にもぐりこんだ。そして、眠った。


チャイムの音で目が覚めた。

「幸田く〜ん、いる？」

恩田絵美の声。時計を見ると、六時過ぎ……あ、まだ夕方なんだ。

ドアを開けると、恩田絵美は言った。

「あたしんち、今晩、カレーなの」

それがどうした？　と思っていたら、恩田絵美は思いがけないことを言った。

「晩ご飯、あたしんちで一緒に食べない？」

昼間と同じ、怒っている顔だった。ぼくは朝のことを思い出して言った。

「昨日は、ごめん。道に迷って、帰れなかった」

恩田絵美は、目を丸くした。

「え〜？　どうしちゃったの？」

「夜になっちゃったから、公園のバスで寝て、明け方帰ったんだ」

「バス？　あ、隣町の公園の、古いバス？」

「うん、多分、それ」

「へえ……」

恩田絵美はあきれたような顔でぼくを見た。その顔は、もう怒っていなかった。

恩田絵美のママのカレーはおいしかった。ぼくの家と同じ間取りの台所のテーブルで、ぼくは恩田絵美と向かい合ってカレーを食べた。恩田絵美も母親と二人暮らしなのを、このとき知った。

女の人と女の子のもので溢れている部屋は、狭苦しい感じがしたけれど、なんだかおとぎの国のようだった。

「ごちそうさま」と恩田絵美の家を出たとき、隣のドアが開いた。１０３号のおじさんが、ぬっと手を差し出した。手に、ナイロンの袋に入ったクッキーがある。

「おまえがくれたこのクッキー、なかなかうまい。おまえも食べろ」

ぺこんと頭を下げて、ぼくは受け取った。うん、とうなずき、おじさんは家に入った。

多分、この日、ぼくとぼくの母親のことは、ぼくと母親二人だけのことではなくなったのだと思う。次の日には大家さんが、知らない女の人を連れてきてぼくに会わせたりした。その人はこの地区の民生委員をしているのだと言って、お母さんが帰ってきたら渡してほしい、と、名刺と封筒を置いていった。


それからも母親は時々家に帰ってきたらしく、学校から帰るとテーブルにお金が置いてあったりした。たまにお弁当やお菓子や果物がおいてあり、一度はぼくのサイズの新しい下着とトレーナーも置いてあった。でも、いつも、ぼくが学校に行っている間の出来事だった。一度だけ、夜中に帰って来たことがある。あれは、きっと、夢じゃない。寝ているぼくの髪を撫でながら、「健人、ごめんね」とささやいた。目覚めたばかりのはっきりしない頭のぼくは、とりあえずは寝たふりをしていた。「健人、健人、健人……」その声は、ぼくを起こすためではなく、ぼくが眠っているから安心して声に出しているようだった。初めてぼくの名前でぼくに呼びかけている母親の声を、そのまま聞いていたくて、ぼくは目を閉じたままでいた。朝、ぼくの隣に母親の布団はなく、母親の姿もなかった。

先生は、もう放課後ぼくを職員室に呼び出すことはなかった。そのかわり、学校の帰りにぼくの家に寄って、一言二言話して行くようになった。

そうするうちに、ぼくは養護施設に行くことになった。ばあちゃんの友達と、ばあちゃんが相談していた民生委員さんがぼくを訪ねてきた。「ごめんね」とばあちゃんの友達は言った。

「最初から、お祖母ちゃんが考えていたとおりにしておけばよかったね」

そうだね、とも、そんなことないよ、とも、ぼくは答えられなかった。


土曜日の朝、先生がぼくをばあちゃんが希望していた養護施設に連れて行ってくれることになった。先生は十時に迎えに来てくれることになっている。ぼくは朝ご飯を食べると家を出た。この町を出る前に、隣町の公園のバスを見てみようと思ったんだ。公園には、あちこちに何人かの幼児とその幼児の数だけの大人がいた。バスの周りには誰もいない。ぼくはきしむドアをあけ、中に入った。昼間見ると、とても居られないくらい荒れ果てているかも知れない。そんな覚悟をしていたのだけど、中は案外きれいだった。と、後ろでドアの開く音がした。

「ここなんだ……幸田君が夜明かししたとこ」

振り向くと、恩田絵美がいた。驚いたけれど、ちょうどよかった。ぼくは引っ越しと同時に転校するので、恩田絵美と恩田絵美のママには挨拶をしておかなくちゃ、と思っていた。

へえ、と恩田絵美はバスの中を見回すと、隅のシートに腰をおろした。あの夜、ぼくが蹲って過ごしたシートだった。ぼくは隣りに坐った。

「あのね、ママの伝言」

急に改まった口調で、恩田絵美は言った。

「お母さんのこと、嫌いにならないでって」

ぼくは恩田絵美の顔を見た。なぜ、そんなことを言うんだろう。ぼくがぼくの母親をどう思うかは、ぼくが決めることだ。恩田絵美のママに頼まれるようなことじゃない。

ぼくは、恩田絵美を睨んだのかも知れない。恩田絵美は、びくっと、脅えるような顔になった。

それでも、続けて言った。

「きっと、なにか事情があるんだって。今はわからなくても、大人になったらきっとわかるから、それまで、嫌っちゃだめだって」

ぼくは恩田絵美の顔を見続けた。恩田絵美のママが、ぼくの母親の、何を知っていると言うんだろう。会ったこともないくせに。

——もう一度、やってみるね。あんたの母親を——。

そう言ってぼくと暮らし始めた人は、今、また、ぼくと暮らすことをやめたんだ。それって、母親をやめたってことではないのだろうか。

恩田絵美は、今にも泣き出しそうな顔になった。それでもぼくを見返したまま、言った。

「大丈夫よね？　お母さんのこと、嫌いになったりしないよね？　だって、お母さんだよ？」

ぼくは恩田絵美の顔を見続けた。恩田絵美は、不安そうな顔をしていたけれど、ぼくから目をそらそうとはしなかった。やがてぼくは気がついた。恩田絵美のママじゃない、恩田絵美自身が、思ってるんだ。母親を嫌いにならないでほしいって。きっと、恩田絵美にとっては、母親を嫌いになるなんて、信じられない、あってはならないことなんだ。

きっと、恩田絵美は、生まれたときから一番そばにいた人をママと呼んで、それが自分の母親で、それは何の疑いようもないことで……母親の背中を見つめながら、その人を何と呼んでいいかわからず途方に暮れるなんてこと、想像もつかないだろう。ぼくは、まだ一度も、母親に、母親を呼ぶ名で呼びかけたことがない。そんなことを知ったら、恩田絵美は、きっと悲しむのだろう。自分のことでもないのに。

恩田絵美のために、ぼくは答えた。

「わかった」

それが恩田絵美が望んでいる答えだったから。恩田絵美は、泣きべそ顔のまま、微笑んだ。そのくせ、その顔がくしゃくしゃになりそうだったので、あわててぼくは言った。

「泣くなよ、ちっちゃな子供じゃあるまいし。ぼくたち、四年生だぜ」

恩田絵美は、一生懸命笑顔を作って言った。

「そうだよね。もう十歳にもなってるんだもんね」

それはばあちゃんが亡くなって、百日目の朝だった。

ぼくは、もうすぐ十一歳になる。

姉のいた夏

I

ぼくの村の一本きりの大通り、隣町まで突き抜ける道を、チンドン屋がやってきた。隣町になんとかマートとかいう大きな店ができたのだそうだ。チンチンドンドンとにぎやかな音楽を奏でながら、「明日《みょうにち》開店！　明日開店！」と叫ぶような声をあげ、道行く人に愛想のよい笑顔で、すかさずビラを手渡して行く。面白がって近づいたぼくたちにも「お母さんに渡すんだよ」と、これは妙にドスのきいた声で手渡され、その笑顔に描かれた厚化粧の奥の目は鋭かった。そして彼らの後をついて行こうとするぼくたちに、「さあさあ、おうちの人にこのビラを持って行ってあげようね！」と明るい声を張り上げて、手真似でぼくらを追い払った。

ぼくの仲間たちは、とりあえず、と、てんでにわが家に向かい、ぼくは一人、道の真ん中に取り残されていた。

ぼくの母は新しいものが好きではない。ビラを持って帰っても、喜ばない、多分。あらかたビラは配ったと判断したか、チンドン屋は来た道を戻り始めたが、ぼくはなおもぼんやりと彼らを眺め続けた。

あれは新しいお店の開店を知らせる先触れ、かつて姉がいなくなる先触れとなったチンドン屋とは別のものだ。そう頭ではわかっているのに、ぼくは姉を連れ去った一連隊の面影がどこかにありはしないかと、次第に小さくなっていく彼らの後ろ姿を見送っていた。

母親違いの十三歳年上の姉が失踪したのは、ぼくが五歳の秋のことだった。

旅役者の一座が隣町にやってきた。隣町の芝居小屋で五日間の興業、先触れのチンドン屋はその前の日から最後の日まで、毎日ぼくらの村にもやってきたという。

芝居の役者たち自らの宣伝隊。美男美女の、きらびやかで哀愁につつまれた一群。

そんな記憶はのちのち洩れ聞いた母と祖母の話から作り上げられたものかもしれないが、五歳の秋のある夜を境にぼくの家に居座った「姉の不在」は、それ以来、チンドン屋が村を訪れるたびにぼくの心をかき乱すのだ。

毎年秋になるとやって来ていた芝居一座の若い役者とぼくの姉が、いったいいつ知り合い親しくなっていたのか、知る者はいなかった。姉の失踪がその若者と恋に落ちたためだったとわかったのは、そのころ夜遊びなどを覚え行動が派手になっていた姉の外泊が三日に及び、これはおかしいと家族が姉の友人たちに問い合わせ、警察に届けるべきかと考え始めたころ、姉から届いた手紙によってだった。手紙には簡単に、一座の青年と共に旅をする人生を選んだ、というようなことが書かれていたという。

しかし、すでに隣町からは立ち去っていた旅の一座を父や叔父たちが尋ねあてた時、その一座には姉も姉が選んだ青年もいなかった。よくもうちの娘を拐《かどわ》かした、と怒鳴りつける勢いで乗り込んだ父たちは、逆に、一座きっての売れっ子役者をおたくの娘に連れていかれたのはこちらだと座長に開き直られたが、そこは大人の話し合いで、互いに二人の行き先がわかったら教えあうという約束をとりかわすことになった。

「なに、どうせどこかほかの一座にもぐりこんでいることでしょうよ。あいつは役者しかやれないやつだ。すぐに見つかりますよ」

座長の自信ありげな言葉を頼りに父たちは戻ったのだが、以後、姉の行方は杳《よう》として知れない。そして、旅の道順を変えたのか、秋になっても二度とその一座が隣町にやってくることはなかった。

ぼくの家の茶の間の仏壇の引き出しに、一枚の写真が入っている。色褪せ、くたびれ、縁のすり切れたその写真は、どこかに似た年格好の娘がいると聞けば訪ね照会するための姉の写真だ。高校の卒業を間近にひかえた清楚な少女だ。

七年後の今、当時の少女の面影はあるものかどうか。ときどきこっそり取り出して眺めるこの写真から今の姉を想像することは、ぼくにはできなかった。

新しいこと、珍しいことは、いつも隣町からやってくる。祭りもそうだった。隣町の夏祭りはぼくたちの村ばかりではない、周辺の村や町から人が集まる大きいものだ。宵宮の御輿の宮出しに始まる三日間が神社の祭事だが、境内にはその数日前から屋台が軒を並べ始め、ぼくたちはこの時のために貯め込んだ小遣いを日割りで計算しながら隣町へ通うのだ。

この年は、四、五年に一度しかこない見世物小屋もやってきた。ぼくたちは授業が終わるとランドセルを家の中に放り込み、隣町へと走る。本当は自転車で行きたいところだが、祭りの人混みで盗られでもしたら、とそれは許してもらえない。走って走ってまず見に行くのは見世物小屋の看板だ。

ろくろ首や一つ目小僧。お化け屋敷の看板かと見間違えそうな絵が小屋の回りに張り巡らされ、それがお化け屋敷と違っているのは、恐ろしさではなく珍しさを強調しているところだ。小屋の前にはちょうど銭湯の番台のように少し高いところに人の立つ場所が設《しつら》えてあり、そこで一人の男が熱弁をふるっていた。

看板に見える世にも珍しい人々は、すべて実在するのだ、と男は言う。こうした数ある不幸な人々の中、今回、当地にお目見えするのは蛇娘。

男が手にした棒で指し示すのは、看板の中でもひときわ大きく入り口を飾っている、体中に何匹もの大蛇を巻き付けた美女の絵だった。

「ほう、蛇娘か」

ぼくたちの後ろで声がした。

「前回は火吹き男だったがの。なんとも大きい男じゃったが。あの男は、今度は来ていないのかい」

台の上の男は、ふと声を落とし、ぼくたちの頭越しに後ろの男に向かって言った。

「火吹き男ですかい。……あいつは死にました」

男を取り巻く人の輪のどよめきをがっちりつかんで、男は再び声を張り上げた。

「過ぐる日、ご当地お目見えの、火吹き男の運命やいかに！　人の畏れるあの巨漢、なんと、一人の娘に想いを寄せた。はるか北の国の、祭りの夜のことでありました……」

男は高く低く語調を変え、情感たっぷりに語りだした。

一日の興業を終えて小屋の脇の人気のないところでくつろいでいた火吹き男に、やはりこの祭りに稼ぎに来ていたテキ屋の娘が優しく声をかけた。生まれて初めて若い娘に優しくされた男は、たちまち恋の虜、三日祭りが続くうち、もう娘のいない人生は考えられぬと思い詰め、祭りが終わるやいなや、一足先に店仕舞いして次の祭りへと旅立つ娘の一行を追って、見世物一座を抜け出してしまった。

しかし、身体は大きくとも知能は三つ子、始めの頃こそ男の強さ、やさしさを重宝がった娘だが、すぐに飽き、やがて旅の置き去りに。人伝てに彼の居場所を知った見世物小屋の親方が連れ戻しに行った時には、すでに時遅し、男は世をはかなんで首を吊った後であった……。

「ほう、あの火吹き男が恋をねえ……。死んじまったとは、気の毒にねえ……。で、今年は蛇娘かい」

客の男の言葉に、口上を述べる男は、待ってましたとばかり、蛇娘の素性を語り始めた。

昭和の御代の今の時代も、貧しい村はとことん貧しい。そんな村が戦争のさなか男手をとられ、その生活の苦しさはいかばかりのものであったか、可愛い我が子を捨てた親を、どうか責めずにやってくれ——と、男は涙を流さんばかりに訴えた。

捨てた親は、いずれ町に流れて戦火に果てたか、それとも餓えに命を落としたか。しかし、捨てられた娘はこうして生き延びた。木の実、草の根、虫や蛙、やがては鳥、ネズミ、蛇まで口にして…。

男の話は、まるで目の前の看板に描かれている美女が男の言葉のままに動くかのように真に迫り、ぼくらは次第に後ずさった。かわって、中に入ろうかどうしようかというおももちの若者、大人が前にせり出して来る。

「しかし、看板の娘はえらく若い別嬪じゃが、あれは何年前の絵だね」

先ほどの男が口をはさんだ。すると、呼び込みの男はさらに声を張り上げる。

「なんの、ご当地初お目見え、そのためにわざわざ描かせた、今も今の看板だ。正確な歳は私も知らない、だれにもわからない、二十代半ばの今をときめく美しい娘。嘘か真かは、とくとその目でごらんあれ……」

やがて客を入れる合図のベルが鳴り、別の男が中から現れて入場の案内役を始めた。

「さあさあ、高くない、高くない。もしも騙されたと思ったら、後でお代は返すよ」

その男が手近な一人に手を差し伸べると、相手はつられたように財布を開き、お金を渡すと吸い込まれるように小屋の中に消えた。続いて我も我もと十数人ばかりが入っていく。入る客が一端途絶えると、まだ客の数が足りないと見たか、台の上の男は再び声を張り上げた。

「さあさ、寄ってらっしゃい、見てらっしゃい。ご当地にお初にお目見えしますのは、世にも哀れな女の子……」

男の目と声はぼくたちの頭越しに客を物色している。ぼくたちの財布の中身の乏しさは先刻承知と言わんばかりだ。それでもぼくたちを追い払わないのは、ぼくたちがたむろしているのがちょうどよい具合に客の目を惹くためだろう。二度ばかり男は同じ物語を繰り返し、その度に入場をせかすベルが鳴り、十人前後の客が入る。やがて頃やよし、と、男は入り口の扉をピタリと閉ざし、今度はベルが長々と鳴り続け、どうやらそれが本当の開演の合図のようだった。

「ぼうたち、いくら持ってるんだ？」

くつろいだ口調で男はぼくたちに尋ねた。

「子どもはまけてくれる？」

色めきたって手持ちの金額を口々に伝えるぼくたちに、男はにんまり笑って言った。

「その金、しっかり握りしめて、よそで遣うんじゃないよ。そして、明日も同じだけの金を握りしめてな。そうすりゃ、三日目には蛇娘のきれいなお姉さんに会えるからな」

「きれいなもんか！」

一瞬でも、今、入れてくれるのかも、と思ったことが悔しくて、そうじゃないとなれば、ぼうや呼ばわりも腹立たしく、一人が叫ぶと、ぼくたちはばらばらとその場を散った。

綿菓子、焼きイカ、リンゴ飴。射的に輪投げ、金魚すくいにブロマイド。ぼくらの小遣いの行き先はいくらでもあった。

「二十代半ばって言ったよな、あの蛇娘」

そうささやいてきたのは、同じクラスで家も近所、一番仲良くしているタケルだった。

「生きてたら、そんぐらいだよな、サトシの姉ちゃん」

思わずタケルの顔を見ると、タケルはスッと視線をそらした。

「お、ここの景品、すごいぞ。見てろ、とるからな」

そう言って、射的に群れる人の輪の中に入って行く。

「生きてたら」って、どういう意味だ？　姉ちゃんが死んでるとでもいうのか？「そんぐらい」って、あの蛇娘と同じくらいってことか？　あんな、あんな——ぼくは立ち止まった。立ちつくし、頭の中に浮かんだ言葉をかみしめた。

あんな、汚らわしい、と、ぼくは頭の中で考えたのだった。しかし、蛇娘は、汚らわしいのか？

ぼくの姉は、汚らわしくはないか？　今も？

ぼくはポケットの中の小遣いを握りしめていた。そしてその日、ぼくは小遣いの使い道に出会うことなく、夕暮れの道をぼくたちの村へと戻ったのだった。


翌日も、ぼくたちはイの一番に見世物小屋の前に群れていた。呼び込みの男は昨日と同じ台詞を繰り返している。少し離れたところから、「たしか、この前は火吹き男だったなあ」という声がして、火吹き男の恋物語を語るのも昨日と同じで、たまたま昨日、偶然その物語を聞くことが出来たのだとばかり思っていたぼくたちは、ひどくがっかりした。ぼくたちがそのことを男にも周りの客にも言わなかったのは、時折ぼくたちを見据えるように見る男の目が恐かったからだ。男の目ははっきりとこう言っていた。

——そこで聞いていきな。だが、よけいなことを言うんじゃないぞ。もし、言ったりすれば…。

よけいなことを言えばどうなるか。男の目からそこまでは読みとれなかったが、ぼくたちは大人から、こうした祭りと共にやってくる人たちは荒くればかりだと教えられ、畏れていた。

しばらく立って見ているうちに、男は昨日はしなかったことを、一つだけしてみせた。

「若いったってなあ。十や二十は平気でサバよむもんなあ」

皮肉な口振りの客のつぶやきに気色ばんだ男は、「嘘か真か、その目でしっかり確かめてもらいましょう！」と言うなり、小屋の、筵がけで壁になっているところを、手にした棒でサッと捲った。人の波が、ザザッとその筵の隙間に動き、ぼくらも覗きこもうとした。しかし、一瞬。それはすぐにおろされ、男の棒がピシリと鳴って、人々をそこから遠ざけた。

だけど、その一瞬、ぼくは見た。鮮やかな色の振り袖姿の、手首に蛇を絡ませた女、その女は確かに若かった。突然筵を捲り上げられて、驚いて振り返ったその顔は、真っ白に白粉の塗られた厚化粧にもかかわらず、幼いといってもいいほどに若く見えた。

「着飾って町に出たなら、楽しい盛りの年頃の娘。しかし、不幸な境遇は娘にそれを許さない…」

男が芝居がかった口調で語る女の物語は、昨日よりも一層胸にしみるようだった。

仲間たちがてんでに思うところを目指して散ってからも、ぼくは、もう一度中を見せはしまいかと、男が一瞬捲り上げた筵の前に立ちつくしていた。

娘は若くなかなかの美人だと、すでに見た人たちの噂が流れ始めていた。それが、薄衣をまとうように身体に蛇をまとわりつかせ、様々な芸を見せるのだという。果てはその蛇をぱっくりと口にくわえ、食いちぎって食べるのだ、という者もいれば、いや、それは仕草だけ、食べるのは刻んだかけらを焼いて食べるのだ、蒲焼きのようなものだ、と、同じものを見たはずなのに、人の言葉は微妙に違った。どうも毎回同じことを繰り返しているのではないらしい、ということになり、それでは、と、二度、三度と足を運ぶ者もいた。

相変わらずぼくはポケットの中の、全財産を握りしめていた。ほかのすべてをあきらめれば、ぼくはあの中に入れるのだった。

宵宮の日は、学校の一学期の終業日だった。

今日から、祭りは本格的な賑わいを見せ、夜には花火も打ち上げられる。そして、明日からは夏休みだ。

ぼくたちは、まだ朝のうちに、通知表と数枚のプリント類が入っているだけの軽いカバンで学校から帰ると、昼食もそこそこに隣町の神社へと向かった。お祭りの参拝客相手の出店はさらに増え、鳥居のずいぶん前辺りから、参道の両脇には屋台が並んでいる。ここでお昼の腹ごしらえをするつもりの仲間たちは思い思いの店に走ったが、ぼくは真っ直ぐ見世物小屋に向かった。

時間が早いせいか、それともちょうど休憩時間なのか、まだ台上に男は見あたらず、人だかりもなかった。

ぼくは小屋の周りを歩いてみた。全体としては天幕の、周囲に立てかけられた看板に守られているかのような、にわか造りのその小屋は、裏へと回ってみると、見かけよりも大きかった。それはそうだろう、何十人もの大人たちがこの中に吸い込まれていくのだ。ぼくはその粗末な造りのどこかに中が覗ける隙間でもありはしないかと、二度、三度と周りを回った。しかし、壁の隙間とおぼしきところはどこもカーテンのように布やら筵やらが掛かっており、それをそっと捲ってみる勇気は、ぼくにはなかった。

やがて、小屋のちょうど裏手のところで、ぼくは立ち止まった。そこに立つと、中のざわめきが、微かではあるが聞こえるのだ。舞台の準備でもしているのだろうか、盛んに人が動く物音と、言葉までは聞き取れないが、人の声、そして笑い声が聞こえる。

突然、鋭い悲鳴があがった。何かが起こったらしい。そして、何が起こったのかと身を固くしたぼくの足下に、スルスルと一匹の大きな蛇が現れた。今度はぼくが悲鳴をあげた。

と、中から筵がはねあげられて、女の人が走り出た。その人は真っ直ぐぼくの方に駆け寄り、素早い身のこなしでぼくの足下の蛇に掴みかかった。掴んだ蛇の、頭の下をしっかり握り、胴から尻尾を腕に巻き付ける。そしてぼくに笑いかけた。

「驚かせたね」

はでな振り袖でも白塗りの化粧でもなかったが、それは間違いなく蛇娘だった。

「大丈夫だよ、毒はないから」

ぼくは声も出せず、ただ娘を見つめていた。娘もぼくをじっと見た。そして、ああ、と気がついたように言った。

「あんた、毎日見に来てる子だよね。外で、だけどさ。…なぜわかるかって？　控え場の筵の隙間から見えてるんだよ」

うろたえながらもぼくはコクンとうなずいた。

「見たいのかい？　あたしがこいつを食べるところ」

言いながら、娘は腕に巻いた蛇を優しく撫でた。

ぼくはすっかり頭が混乱してしまった。

この人が、蛇を食べる？　それをぼくが見たいかって？　とんでもないことだった。しかし、ではなぜ、ぼくは毎日ここにやってくるのだろう。

と、後ろからぼくを呼ぶ鋭い声がした。

「サトシ！」

振り向くと、少し離れたところにタケルが立っていた。

「サトシ！　ちがうぞ！　そいつはおまえの姉ちゃんなんかじゃないぞ！」

タケルは何を言っているのだろう。この人がぼくの姉ちゃんじゃないって？　そんなこと、あたりまえじゃないか。

「姉ちゃんがいるのかい？」

娘が尋ねるので、ぼくはうなずいた。そして小さく、「いたんだ」と答えた。

「死んだのかい？」

ぼくはあわてて首を横に振る。

「いなくなったんだ。七年前」

「ふうん」

娘はしげしげとぼくを見た。そして優しげな声で言った。

「生きてるよ、どこかできっと」

それはまるで真実を告げる神聖な声のようにぼくの心にしみ、たちまち胸のうちにほっとした思いが広がった。しかし、そんなぼくの反応が気に入らなかったのだろうか、次の瞬間、娘はピシャリと言った。

「あたしみたいになって、ね」

そして、くっくっと意地の悪い笑いを洩らし、小屋の中へ姿を消した。

振り向くと、タケルがやはり少し離れたところで不安そうな顔をしてぼくを待っていた。タケルのその表情に、ぼくはいつもは忘れていることを思い出した。

ぼくは、仲間うちで、特別な存在だったのだ。つまり、ぼくは、「一人娘が家出をした家の子」なのだ。その娘を捜し続ける父親が、娘の実の母ではない後添えの妻、ぼくの母を、殴り、ののしる、不幸な家の可哀相な子どもなのだ。

タケルたちと合流したぼくは、仲間たちとともに次々と出店の屋台を覗き、ゲーム場のゲームに興じ、まるで今まで禁欲的に握りしめていたことへの反動のようにお金を遣った。

ぼくは、あの見世物小屋に入りたかったわけではなかったのだ。娘と言葉を交わした今、ぼくにははっきりとそうわかっていた。ぼくは、ただ、あの娘に会いたかっただけなのだ。それは、タケルが想像したように、心のどこかで娘に姉を重ね合わせていたのかもしれなかった。

あのゲーム、この駄菓子と、三日分の小遣いを遣いながら、しかし、ぼくの心は落ち着かなかった。ぼくはやはり、あの見世物小屋のところに行きたかった。おそらくはもう台上で男が呼び込みをやっているだろう人だかりの中に立ち、男の語る物語に胸をどきどきさせ、いつまた筵が捲れ上がり娘が姿を現すかもしれないその瞬間を見逃したくはなかった。しかし、タケルがぼくのそばを離れようとせず、仲間の行くところ行くところにぼくを引っ張っていく。

出店が並んでいる参道や境内のさらに奥に入ると、これから村や町を練り歩くことになる御輿や山車が、お祓いを受けたり御霊を入れてもらったりするために集まってきていた。本堂前に設えられた舞台ではお神楽も舞われ、ぼくらはあちらもこちらもと忙しい。今日は、夜、花火を見るまで外出が許されている。年に何度とはない、特別な日なのだった。

夜、音高く花火が上がり始めると、ぼくらはだれからともなく鳥居の辺りに集まった。口々に今日の戦果を自慢しあいながら、来たときの顔が揃っているのを確かめ、神社を後にした。ぼくらは皆、遊び疲れてくたくたになっていた。それでも音より先にパッと夜空に咲く花火を一つでも多く見ようと夜空を見上げながら、ぼくらは家路についた。

屋台のあれこれを買い食いしていたのでお腹は空いていなかったが、母と祖母が夕食を準備して待っていた。ぼくはほとんど居眠りしかかるほどの朦朧とした頭で、箸を動かしていた。すると、音高く玄関の戸が開き、荒々しい足音をたてて父が入ってきた。

「サトシ！」

父は仁王立ちになるとぼくを睨み付けて言った。

「おまえ、祭りで、何を見てた！」

ぼくは一瞬にして眠気のとんだ目できょとんと父を見返していた。父は喚き立てるような声で言った。

「見世物小屋に入り浸ってたのか！　蛇娘とやらと何してた！」

ぼくは相変わらず返事もできないで、ただ父を見ていた。父が言ったことはそのとおりだったが、なぜ、父がそんなにいきり立っているのかわからなかった。

「娘は旅芝居の役者を追いかけて出て行き、今度は息子が見世物小屋に入り浸っているだと？…よりによって、蛇…蛇…蛇娘だとお？　いい笑いもんだ。サトシは芝居一座も見世物一座も一緒だと思ってるんじゃないか、蛇娘を姉ちゃんだと思ってるんじゃないか、なんぞと言われおって…よりによって…よりによって…」

父は肩で息をつくと、ドシリと音を立てて膝を組み、「酒！」とどなった。呆然と父とぼくとを見ていた母が、あわてて台所に立った。


近所の男衆たちと花火見物に出かけていた父は、帰りにタケルんちの小父さんに、まあ、寄って一杯、と誘われた。すると、タケルの家では、ぼくの話で持ちきりになっていたのだそうだ。

ぼくがあのまま見世物一座に連れていかれてしまったらどうしよう、とタケルは気をもんだのだそうだ。そう思い始めると、ぼくから目が離せなくなって、せっかくの祭りも遊んだ気がしなかったのだそうだ。

「あんなタケルのガキに、そんな生意気な口をきかれおって…」

父はタケルの家で飲みそびれた酒をあおりながら、なおもぼくを見据えていた。相変わらずぼくは黙っていた。父が怒った理由はようやくわかった。でも、ぼくにはどうしようもなかった。もう済んでしまったことだし、悪いことをしたとは思っていないので、あやまるのも変だ。

こんな怒られ方は、よくあることだった。つまり、ぼくが悪いことをしたというわけではないが、父には気に入らなかったのだ。こんな時は、黙って父の気持ちが静まるのを待つだけだ。

「明日も、行くのか？」

少し落ち着いたらしく、父はようやくぼくに返事のできる問いを口にした。ぼくは黙ってうなずいた。

「そうか。…行くな、とは言わん。明日は年に一度の、一番面白い日だからな。だが、二度と見世物小屋に近づくんじゃないぞ！」

今度は返事ができなかった。ぼくはもちろん、明日も早くから出かけるつもりでいた。今日のように、興業が始まるよりも早く行って、もう一度、あの娘に会うつもりでいた。

「わかったな！　絶対に、見世物小屋には行くんじゃないぞ！」

ぼくはただ黙ってうつむいていた。

悩む必要はなかった。その夜、ぼくは熱を出し、翌日は一日、家で寝ているはめになったのだ。疲れすぎると翌日寝込むことは虚弱体質のぼくにはよくあることだったので、誘いにきたタケルは別段驚きもせず、じゃあな、と祭りに出かけていった。

家の中で一番風通しのよい部屋に布団を移してもらい、ぼくは一日をうとうととして過ごした。何度も眠り、その度に夢を見た。少し言葉を交わしただけの蛇娘の、くるくるとよく動いた表情が、何度も夢に出た。その顔はぼくのまだ知らない表情にも変化し、いつしか仏壇の引き出しにある姉の写真の顔になるのだった。

「ばかだね、あたしはあんたの姉ちゃんなんかじゃないよ」

姉の顔になった蛇娘はそう言ってケラケラと笑った。

夢の合間に、祖母の声が、地を這うようにぼくの耳に入り込んだ。

「サヨコのばか娘が。一緒に逃げた役者の男は、とっくに元の一座に戻ったというのに。そのときにはサヨコはもうほかの男と別の一座に行ってしまっていたというじゃないか。十八の娘が、尻軽な真似を…恥っさらしが…。就職先だって決まっていたというのに、何もかも棒にふりおって…」

「その就職を、サヨコさんがせっかく受かっていたところをうちの人が勝手に断って、知り合いのところを押しつけようなどしたから…」

か細い母の声が姉をかばい、それきり二人の声はやんだ。

ぼくの枕元で団扇を使っている母と祖母の密やかな声は、たちまちぼくの夢に忍び込み、次の夢では、清純な十八の少女の姉が、見知らぬ男と手を取り合って、夜空に身を投げるかのごとく、遠くへと去っていくのだった。


熱が下がり、身体の怠さもとれた時には、もう祭りは終わっていた。夏休みののんびりとした静かな朝が過ぎ、昼食を食べ終えたところに、タケルがプールに行こうと誘いにやってきた。ぼくは断った。タケルはちょっと気まずそうな顔になって、「父ちゃんに叱られたんか？　オレがしゃべったからか？」とささやいた。ぼくは、そうだとうなずいたが、途端にタケルの顔がクシュンとくずれかけたので、すぐに気にするなと首を振ってやった。

「じゃ、プール、行こうぜ」

タケルはカラッとした口調で言った。ぼくは首を振った。

その気にはなれなかった。

「まだ、しんどそうだな。じゃ、また明日、な」

そうだな、明日なら。今日は、プールには行かない。

タケルの姿が見えなくなると、ぼくは即座に自転車に乗って家を出た。

祭りは終わった。しかし、以前、やはり祭りの時に神社横の広場にやってきたサーカスは、祭りが終わってからも十日近く広場で興行を続けたのだった。もしかしたら、あの見世物小屋だって、と思ったのである。

しかし、自転車だと十数分でたどり着いた神社は、閑散としていた。見世物小屋はおろか、屋台一軒、残ってはいなかった。彼らは皆、次の祭りを目指して旅立ってしまったのだ。

ぼくは、見世物小屋のあった辺りに立った。そこはただの空き地に戻っていた。昨日までの人いきれや蛇の生臭い臭いのかわりに、今は真夏の昼下がりの灼けた土と草の匂いが漂っているばかりだった。

II

祭りが終わってもぼくたちの夏休みは続いていた。しかし、祭りの後に続く丸ごと休みの日々が、ぼくにはおまけの日々のように思われた。この夏を刻む一番の出来事は、ぼくにはもう訪れ去ってしまったような気がした。

だが、それは思い過ごしだった。

この夏、もっともぼくの記憶に刻まれることになる出来事は、それからさらに二十日近く後、夏休みの最中に起こったのだった。

その日は盆の入りで、ぼくの家では夕方、庭先で迎え火を焚いていた。亡くなった祖父と、姉の母だった人の霊を迎えるのだ。

「迎え火は家族みんなで焚くものですよ。大黒柱のあなたには、ほかのだれがいなくても、いてもらわなければ」

母が繰り返し言い、祖母も口添えして、今日は父も早く帰ってきていた。ぼくも、やはり仏様を迎えるのだという家の子どもたちと一緒に、いそいで家に帰ってきた。夕方になるとさっそく母と祖母は庭の一隅を掃き清め、この日のために用意していたキビガラを短く手折り、小さな山にして火をつけた。

キビガラの煙は白い一本の筋となって、真っ直ぐ上に立ち上る。その煙を頼りに死者の霊が戻ってくるのだという。

しかし、この日、煙越しに戻ってきたのは、死んだ人の霊だけではなかった。

庭の垣根越しにこちらにやってくる人影に、まず気づいたのはぼくだった。若い、明らかにこの村あたりの人ではない都会風の身なりの一組の男女。女が真っ直ぐな歩みでぼくの家を目指し、一歩遅れて男がついてくる。二人は庭を回ってぼくたちの方にやってきた。

思わず立ち上がったぼくは、おそらくぽかんと口をあけていただろう。一目で姉とわかる、写真の面影をとどめたその人は、にっこり微笑むと言った。

「ただいま」

一瞬の間があった。父も母も祖母も、驚きのあまり言葉を失っているようだった。

「まあ…、まあ…」

あえぐような声で母が言った。

「よう帰んなさった…。よう、無事で…」

「今まで、どこに行っとった！　便りの一本も寄こさんと、ようも帰ってこれたな！　何しにもんてきた！」

相変わらずの怒鳴り声は父だった。父はどんな時も父だった。母に親しげに甘えたような笑みを見せた姉は、父を見やる時には「ふん」という顔になっていた。

「私の戸籍を作りに」

簡単に答えた姉の言葉は、ぼくたちのだれも理解できなかった。

キビガラの小さな山が燃え尽きようとしていた。祖母があわててキビガラを足して、今一度火をおこし、言った。

「まあ、よう帰った。今、あんたの母さんも戻りよる。一緒に迎えてあげなさい。話はそれからじゃ。…で、そちらのお方は？」

「私の相方」

またもや簡単に姉は言い、男はぺこりと頭を下げた。

やがてキビガラは燃え尽き、ぼくたちは家に上がった。

「よかった、ちょうどお盆でお寿司を作っておいて…。今、お素麺も茹でますから…」

母は口の中でぶつぶつ言いながら、いそがしく茶の間と台所を行き来して夕食を整え始めた。

茶の間の食卓のいつもの場所に父は坐り、その向かい側に母が客用のお茶を二つ並べたので、姉と姉が連れてきた男はそこに坐った。

「明日、帰るから」

切り口上で姉が言った。

「帰るだと？　どこに帰ると言うんだ。おまえの家はここなんだぞ」

怒鳴りつけたいのを我慢しているのがありありとわかる押し殺した声で、父は言った。姉は軽く肩をすくめた。

「私の居場所に、帰るの。そしてまた、仲間と一緒に旅に出るの。芝居の興行をして回るの」

「…おまえ、役者になったのか…」

姉は微笑んだ。

「役者も、やるわよ。でも、本業は、ホン作りの方」

突然、横から男が口をはさんだ。

「サヨコさんは、ぼくたちの一座の脚本家なんです。いいホン、書きます」

おまえは何者だ、とばかりに男を睨み付ける父に、姉はやんわりと言った。

「そうなのよ、なかなか評判いいのよ。そして、この人が、一座の座長。私の書いた本を芝居にしてくれる人」

姉と男の話は、だれもきちんとは理解していなかった。もっとも、とくに深く理解する必要があるとも思われず、父にはもっと大切な、知るべきことがあった。父は訊ねた。

「結婚……したのか？」

いいえ、と姉は言い、はい、と男は言った。

男は苦笑し、姉に言った。

「家の人と仲直りするために来たんじゃないか。みなさんに安心してもらった方がいいだろう」

そして、父たちに向き直った。

「まだ入籍はしていませんが、いずれはそのつもりでいます」

「そんな大事なことを…勝手に決めおって…わしは、わしは…」

怒りのあまりあえぎあえぎとなった父の言葉を、姉がピシリとさえぎった。

「許していただかなくて、結構。家を出て七年になるし、一応戸籍をきちんとしておこうと思って帰ってきただけなんだから。この人とは夫婦のようなものだけど、入籍するかどうかは、まだ決めていないわ。まず、私自身の独立した戸籍を作ってから考えます。でも、いずれにしてもお父さんが思っているような結婚はしないから」

「結婚は結婚だ！　何がどう違うというんだ！」

「……私は、結婚していなかったからといってお父さんの所有物だったわけじゃないけど、結婚したとしても、この人の所有物になるわけではないから」

男はただ苦笑していた。姉がムキになっているのがおかしく、また、その姉の言葉が家族に伝わりはしないことがわかっていて気の毒がっているようでもあった。

父は押し殺した呻き声とともに立ち上がった。食卓に食器を並べようとしていた母はお盆を手にしたままとびすさり、ぼくも祖母も反射的に食卓から身をひいた。姉はみじろぎもせず父をにらみ返していた。その姉の肩を、父は食卓越しに覆い被さるようにして鷲掴みにした。姉はびくりと震え、目を閉じた。父の右手が翻り、姉の頬で鋭い音を立てた。しかし、その手が反対側の頬に向けて翻ったとき、男が動いた。男は中腰になると、父の手を掴んだ。

「一発だけは殴られろと言ってたんですよ。まあ、親不孝者が帰ってきたわけですからね。だけど、一発で勘弁してやってください」

父は男を睨んだ。おそらく、このとき初めて、父は男の顔を見た。怒りのあまり、父の息は荒く、両肩が大きく上下していた。男に掴まれた手を振り払おうとする。しかし、その手はほどかれず、振りほどこうと力を込めるうちにやがて父の体が小刻みに震え始めた。

「放せ…」

そう呻いた父は、次の瞬間、喚いた。

「出て行け！　今頃男連れで帰ってきて、なにが娘だ！　出て行け！　二度と顔を見せるな！」

姉は静かに立ち上がり、目で男を促した。男も立ち上がった。そしてゆっくりと父の手を放し、その手を父の脇腹のあたりに置いた。まるでそこが父の手の正しい居場所であるかのように。

「帰ります」

姉は母に言うと、部屋の隅に置いてあった旅行鞄に手をかけた。その時、突然、祖母が姉にすがりついた。

「帰ることはない！　帰らんでくれ！　今日はミサエさんも帰っとんなさる」

姉はその手をほどこうとしたが、祖母は父に向けた背中を強張らせ姉から離れようとはしなかった。祖母は、今、姉と男に出ていかれるのが怖いのだ、とぼくは思った。姉と男が出て行ってしまったら、父は即座に酒を飲み始めるだろう。それは父が酩酊し倒れ昏睡するまで続くだろう。そしてその間、ぼくたちは身を固くし頭を垂れて父の怒りという名の嵐に耐えなければならないのだ。

当惑顔で祖母を見ていた姉は、その目を母に、ぼくに、男にと移し、父と向き合ったところで止まった。父は押し寄せてくる怒りを持て余しているらしく、肩で息をついて姉を睨み付けていた。姉もまた、たちまちのうちに険しい顔になり、父を睨み返した。強い光を放つその目は、間違いなく父譲りだった。二人はしばらく睨み合っていた。先に目を逸らしたのは父だった。父はわなわな震える身体を無理矢理のように食卓のところから引き剥がすと、足音も荒く部屋を出た。玄関の戸が叩きつけられるような音をたて、静まった。父が家を出たのだ。

祖母はようやく姉を放した。家中の空気がほっと弛むのを感じた。

母は、その機を逃さなかった。

「本当に、よく帰ってきなさった。お祖母ちゃんも私も、どんなに安心したか、嬉しいか…。さ、とにかく、食事にして…」

「そうね、いただくわ」

さっきまでの父との争いは忘れたかのようにあっさりと姉は言った。さっさと食卓に着き箸を取ると食べ始めた。お母さんのちらし寿司はおいしい、昔のままだ、と、男にも勧め、男も箸を取った。ぼくや祖母、そしてやがて母も食卓の端にそれぞれの場所を作り食べ始めた。

母たちはおかずのひとつひとつをあれもこれもと姉と男に勧め、二人のコップのビールが減る都度、注ぎ足した。お母さんたちも、と姉が勧めると母と祖母は顔を見合わせた。

「じゃあ、ちょびっともらおうかねえ。お盆じゃから」

祖母が台所に立って新しいコップを二つ用意した。母はコップを両手で押し戴くように持ち一口飲むとつぶやいた。

「ああ、おいしい…」

お寿司もおいしかった。素麺もおいしかった。蒲鉾も酢の物も漬け物も、昨日の残り物の煮物でさえも、いつもよりおいしかった。こんなにのびのびとしておいしい夕食は初めてだった。

やがて、ぼくはお風呂へ、そして自分の部屋へ、と追いやられ、いつまたこの家から消えてしまうかわからない姉と男に心を残しながら布団に潜り込んだ。しかし、眠れるものではなかった。もぞもぞと起き出して、電気スタンドを枕元に引っ張ってきてマンガ本をひろげた。そのうちに、どうやら隣の座敷に二人の寝床が準備されだしたらしい。そうなるとますます目は冴え、いつしかぼくの意識はマンガ本よりも隣の物音へと集中していった。

「お母さんには、謝りたいと思っていたわ。…ごめんなさい」

不意に、澄んだ姉の声が響いた。

「そんな…。私よりも、お父さんに謝らなくては。どんなに心配して捜したことか」

とまどったような母の声だった。

「お父さんには、謝るつもり、ないの。あの人と私は、お互いさま。私もあの人に悪いことをしたでしょうけど、あの人はもっと、私に悪いことをしてきたんですもの」

「そんな…」

「お母さんは、義理の私に、とてもよくしてくれたわ。私が家を出るとき気がかりだったのは、そのことだけだった。私が家を出たら、母さんが悪く言われるんだろうな、と」

「サヨコさん！」

突然、悲鳴のような母の声が響いた。

「あんた、それがわかってて、…わかってて、あんなまねを…」

不意に隣の部屋は静寂に包まれ、ぼくは胸をどきどきさせ、身体を固くしていた。電気スタンドなど点けて起きているのに気づかれたらどうしよう。今、眠っているはずのぼくが起きていることは、とても悪いことのように思われた。しかし、ぼくは、だからといって灯りを消すでなく、布団に潜り込むでもなく、隣の気配に耳を澄まし続けていた。やがて静寂のなかから母の声が響いた。

「ミサエさんもそうだった。あの人があんな死に方をして、私はどんだけ肩身の狭い思いをしたことか。ミサエさんも、あんたと同じ、頭のいい人だった。頭のいい人は自分の生きたいように生きなさる。そのために私らぼやっとしとる者に泥がかかっても、気にかけなさらん。だけど、私はずーっと考え続けていた。ミサエさんは、あんな死に方をしなさって、私が鬼のように言われることを、少しも考えなさらんかったんやろか、少しは考えたけど、私のことなどに構ってはおられんかったんやろか、それとも…それとも、……考えて、そうとわかって、だから、あんな死に方をしなさったんやろか、と…。あんたが家を出た時も、同じことを考えた。ずっと、考え続けていた……」

母は地を這うような声で話し続けていた。

「それはおかしいわ、お母さん」

やんわりと姉が遮った。

「だって、私を生んだ母さんが亡くなったとき、サトシはすでに生まれてたじゃないの。サトシを生んだとき、お母さんはどれほど、私を生んだ母さんや私のことを考えたのかしら？　それに、私が家を出るときだって、私が決めた就職を認めようともせず一方的に自分の都合を押しつけてきた父さんから、私を守ってはくれなかった。…そうよ、あのとき、私はあなたのことを考えた。考えたけれど、構ってなんかいられなかった。だって、あのままいたら、私の人生は父さんに握り潰されていたんですもの」

どのような顔で姉はしゃべり、どのような顔で母はそれを聞いていたのだろうか。そして、姉のこの言葉のあと、二人はどんな顔で互いを見つめていたのだろうか。あるいは、目を逸らせていたのだろうか。ぼくには息が詰まりそうなくらい長い時間に思われた沈黙の後、姉の声がした。

「あなたに、悪いとはわかっていたの。それはずっと、気がかりだったの。だから、謝りたかった。……多分、私、そのために帰ってきたのだと思う」

姉の声は、夜の闇の湿気を帯びているかのように、しっとりとしていた。不意に、苦しげなすすり泣きの声がした。母の声だった。高く、低く、母は嗚咽を洩らし、ついには泣きじゃくり始めた。それは七年間堰き止められていたものでもあったのだろうか、いつ果てるともしれなかった。

まるで子守唄のように、母の泣く声を聞きながら、いつしかぼくは寝入ってしまった。

夢でしか会えない、しかし、時々ぼくの夢に忍び込んでぼくに甘美な思いをおこさせる蛇娘が、ぼくの肩に手を置いていた。いつもはおどすような声を出してみたり、けたたましく笑ってみたりしながらぼくを夢の中の見世物小屋に誘う蛇娘が、今日はひどくやさしげだった。

「泣いてるよ。あの人たちも、みんな、あたしと同じ。泣いてるよ」

蛇娘が耳元でささやき、指し示す方を見てみると、泣いているのは母だった。母はひっそりと泣く人だった。父に怒鳴られ流れる涙をこらえることができないときでも、声は出さず、涙を拭い拭い立ち働く人だった。それが今、身体を振り絞るように全身で泣いていた。ぼくはどうすればいいのだろう。すると、蛇娘が言った。

「あんたが行ってもしょうがないよ。あの人たちは、あの人たちで、泣きあっているのだから」

母のそばに、姉と、顔のよくわからない、けれども姉によく似た雰囲気の女の人がいた。二人は当惑したような顔で母を見ていた。その少しぼんやりとした目に涙はなかったが、しかし、二人もやはり泣いているのだとぼくにはわかった。


翌朝、差し込む日差しのまぶしさに目を覚ましたぼくは、あわてて飛び起きた。

ラジオ体操に遅れる！

が、すぐに今日はお盆でラジオ体操も休みの日だったことを思い出し、ほっとした。ついで、昨夜のあれこれが思い出され、やっぱりぼくは布団をはね除け、隣室とのふすまを開けた。

布団の上で上半身を起こしていた姉が、驚いて振り返り、ぼくを見るとほっと表情をやわらげた。

「おはよう」

姉が言うので、ぼくも言った。

「おはよう」

「早起きね」

ぼくとしてはいつもより遅い。姉たちの話を盗み聞きして夜更かししたせいだが、もちろん、そんなことは言わない。

「お母さんもお祖母ちゃんも、もう起きてるのね」

姉は大きく伸びをすると、よし！と弾みをつけて立ち上がった。

「サトシ、散歩に行こうか」

反射的に、ぼくはうなずいていた。

まだ眠っている男には構わず、姉はずっとここに住んでいたような自然さで洗面所に行き身支度を始めた。

まず小学校に行こう、と姉は言った。それからお宮さん、そして、お寺。

それらは、ぼくらがちょっと大勢で遊ぶ時の遊び場だ。姉も子どもの頃、こうしたところで遊んだのだった。

そして、最後に、お寺の裏山へ。そこにあるウチのお墓にお参りして帰ろう、一応、ね。そう姉は言った。

ぼくたちは、まだ風の涼しい道を、それでも木陰を選びつつ歩いていった。なるほど、これが散歩というものか。姉はのんびりと、ただ歩くだけだった。

ときどき道ばたの花に目をとめて、知ってる？　とその花の名を口にしたり、ケヤキや銀杏などの大木の幹に触れて「こんなに大きかったっけ？…七年間で、こんなに大きくなったのかなあ」

などとつぶやく。ぼくに語りかけているようでもあったが、独り言のようでもあった。どちらにせよ、ぼくの返事など期待してはいないようだった。

ぼくは姉について歩きながら、尋ねたいことが胸のうちに渦巻いているのに気づいていた。きいてみたい。姉と二人だけの、今。しかし、いざ尋ねてみようとすると、姉にききたいことは山のようにあるのに、それらの多くは、尋ねてはならないこと、尋ねても、姉を困らせるだけのことのように思われた。浮かんでは消えていく姉への質問のなかから、ぼくはようやく一つの問いを選び出し、言葉にした。

「芝居、どんなの？」

姉は、きょとんとした顔で、ぼくを振り返った。不思議そうな顔でまじまじとぼくをみつめながら問い返してきた。

「私たちがする芝居のこと？」

ぼくはうなずいた。

姉の目がきらきらと輝いた。

「そりゃあ素敵よ。私たちの芝居は、観てるだけで面白いのよ。舞台に仕掛けをしておいて火や水を使って、歌ったり、踊ったり、曲芸したり」

ぼくは首をかしげた。それはどうもぼくがこれまで知っている芝居のようではなさそうだった。

「姉ちゃんが話を作るの？」

「うん、そう」

姉は大きくうなずいた。

「女の人たちの話を、私は書くの。どこにでもいる女の人たちの話。私を生んだ人や、私を育てた母さんや、私自身。そして、私が出会った色々な人たち。みんなその人だけの特別な物語を持っている。だけどそれは、どこででも起こったかもしれない物語、誰にでも起こったかもしれない物語。そんな物語を、私たちは歌と踊りときらびやかな舞台で、思い切り華やかに創り上げるの」

「ぼくも、観たい！」

口をついて出たぼくの言葉は、ほとんど叫び声のようだった。同じような勢いで、姉は応じた。

「うん！　サトシに観せたい！　いつか、この辺りにも興行に来るわ。きっとね」

ぼくは、今、観たいのだった。姉を生んだ人の話、姉を育てた母さんの話、そして姉の話。それこそが、ぼくが姉に尋ねたいことだった。

「いつ、来る？　どこに来る？　隣町の芝居小屋？」

「う〜ん、芝居小屋ねえ…」

姉は一瞬考え込んだが、すぐに嬉しげに言った。

「隣町の、お宮の境内がいいわ！　ほら、お祭りになると、サーカスや見せ物小屋が来るでしょ、あそこがいいわ！」

ぼくは声も出せず、ただ姉を見つめた。二十日ばかり前、蛇娘がぼくを引き寄せたあの場所で、姉が芝居をする！　驚きと喜びで息が詰まりそうだった。

「観たい！　絶対、観たい！」

ようやくの思いでそう言うと、姉は大きくうなずき、いつか観てね、きっとね、と言った。

いつしかぼくたちはお寺にたどり着いていた。

朝早いというのに、お寺やその裏山にあるお墓には、何組かのお参りの人たちがいた。すれ違う人に「おはようございます」と明るい声をかけながら、姉は迷うことなくぼくの家の代々の死者たちが眠るお墓をめざした。

散歩の目的地はここだったのだろうか。姉はお墓の前に膝を折って座り込むと、手を合わせ、目を閉じ、しばらくの間、動かなかった。やがて気持ちをふっきるように弾みをつけて立ち上がった姉は、言った。

「私を生んだ人は、お母さんが思っているほど強い人でもかしこい人でもなかったわ」

その声は低く、独り言なのかぼくに話しているのか、よくわからなかった。

「まだ子どもの私に、よく、どうしていいのかわからない、今のままではいられない、そのことはよくわかっているのに、どうすればいいのかわからない、そう言ってすがるような目をしてた……」

そして、ふいに、ぼくを真っ正面から見据えた。

「サトシはそんな大人になっちゃだめ。思ってることをお腹のなかに閉じこめていてはだめ。思ったことはきちんと言える大人になって」

ぼくは軽いめまいを感じた。姉の言うことは、ぼくには途方もなく難しいことに思われた。

早朝の涼しい時間は終わり、すでに日差しは強く、うるさいほどに蝉が鳴きたてていた。


家に帰ると、朝食の準備ができていた。

いつもの食卓に目玉焼きがついていて、その分、豪華に見えた。姉は、母さんのお味噌汁はおいしい、母さんのお漬け物はおいしい、とぱくぱくと食べ、その度にうなずく男も旺盛な食欲を見せた。その光景だけでも、賑やかで明るい食卓に見えた。

家族の多いタケルの家は、いつもこんな感じなのかもしれない、とふと思う。昨夜家を飛び出したまま いつ帰ってきたのだかわからない父はまだ眠っている。隣の部屋からかすかに鼾が響き、まるでそれが父なりの参加の形のようでおかしかった。

食事が終わると、姉は母を手伝って台所に立ち、そのあとも、洗濯に掃除にと家の中を動き回る母の後をついて回った。二人は手を動かしながら、ひそひそとおしゃべりをしているようだった。時々祖母が何をしているのかと様子を窺いに行き、そうすると今度は女三人のおしゃべりが始まるのだった。

ぼくはその光景を不思議なものを見るような思いで見ていた。ぼくの家は、時折、父の大声が響く以外はいつも静かだったのだ。

さて、今日の一日、どう過ごそうかと考え始めた頃、タケルがやってきた。タケルらしくもなく、本やノートを抱えている。

「宿題、すんだか？」

挨拶代わりのようにそう言ったタケルは、ぼくが首を横に振ると、「一緒にしようぜ」とぼくの部屋に上がり込んだ。

「姉ちゃん、帰ってきたんだな」

夏休みの学習帳を広げ、ぼくの学習帳から今日までの天気を書き写しながら、タケルはささやいた。

「あの人、旦那さんか？」

開け放した襖の向こうの座敷で、男は寝そべって雑誌を読んでいた。姉に放っておかれても男は一向に気にならないようで、別の部屋とはいえ、すぐそばで男の様子を窺っているぼくたちのことも、気づかないかのようだった。多分、男は、自分の家でも芝居小屋でも公園のベンチでも、同じような気分で寝そべって本を読んでいるに違いない。それはぼくたちが初めて出会う種類の男だった。

「なんか、この村の人たちとは違うよな。あの人もサトシの姉ちゃんも。なんか、都会の人っぽいよな」

ひそひそとタケルは言った。

「それに、姉ちゃん、美人だよな。あの蛇娘なんかより、ずっときれいだよな」

蛇娘なんか、という言葉は、ぼくには気に入らなかった。あの娘のことを、タケルに「なんか」などと言われる筋合いはないと思った。だけど、ぼくは許すことにした。祭りの日にぼくを監視して蛇娘との時間を邪魔したことも、そのことを父に告げたことも。

タケルはタケルで自分なりの物語を創っていたのだろう。多分、あの祭りの日以来、タケルも蛇娘の夢を見ているに違いない。その夢の主人公は、ぼくなのかもしれなかった。

——違うぞ、サトシ！　その人はお前の姉ちゃんじゃないぞ！——

そう叫ぶタケルを後目に、ぼくは蛇娘の後を追って、闇の向こう側に去っていくのかもしれなかった。


午後、姉と男はぼくたちの家を出た。もっとゆっくりすればいいのに、と言いつつ母はバス停まで見送りに出て、ぼくもついて行った。待つほどもなくバスはやって来て、駅のある隣町へ向かって、あっけなく二人を連れ去った。

その夜、寝床に入りうとうとと眠りかかっていたぼくの耳に、父の怒声が飛び込んだ。眠りを破られ不快な気分の中、まただ、と思う。また父が母を叱っている。ぼくは闇の中つい見開いた目を、再び閉じた。強く。

聞きたくない声から逃げる方法、それは単に聞こうとしないだけではいけない。聞こうとしなくても、声は飛び込んで来るのだ。それを聞かないですむ方法、それは他の声に耳を傾けることだ。ぼくの頭の中の物語の声。空想の世界で織りなされていく物語に意識を集中させれば、聞きたくない声から逃れることができる。そうしていつしか、夢の中に入り、そこで物語の続きに出会うことさえ出来るのだ。

しかし、この夜、ぼくは幼い頃から親しんできたこの方法に失敗した。

「何が病院だ！　そんなものが何の役にたつ！」

そう怒鳴る父の声のあとに、ぼくは聞いた。

「いいえ」

それは母の声だった。母に、そんなものの言い方が出来るのかと思うほどの、きっぱりとした声だった。驚きとともに、ぼくは現実の声に耳を奪われていた。

「いいえ。明日、サトシを病院に連れて行きます。あなたが許そうと許すまいと、そうします」

たかぶった声で一気に母は言い、ついでいつもの低い声で話し始めた。ぼくは耳を澄ませた。

「もっと早く、そうすべきだった。そうしたかった。それを、私は放っておいて…。あなたが反対するから、などと自分に弁解して…サトシが口を利かなくなったのは、私に罰が当たったのに違いないなどと、見当違いのことを思いこんだりして…。ミサエさんがどんな死に方しようと、サヨコさんがどんな気持ちで家を出ようと、サトシには関係のないことなのに。…いいえ、サトシが口を利かなくなったのは、きっとそのせいに違いない、でも、それは私らがサトシをそうしてしまったのだから、早く治してやらなきゃいけないことだったのに…。そんな当たり前のことに、サヨコさんに言われるまで気がつかなかっただなんて…」

「サヨコだと？　あんな放蕩娘になにがわかる！」

「サトシは、サヨコさんには口を利いたんです！　ちゃんとおしゃべりしたんです！　…サヨコさんは、きちんとした専門の病院で診てもらえば、きっとふつうにしゃべれるようになるだろうって…ぜひ、そうしなさいって、隣町の病院まで調べてくれて…。私は恥ずかしかった。ミサエさんやサヨコさんのことで、勝手に、私は世間並みの母親になってはいけないような気持ちになって、そんな気持ちをいつのまにかサトシに押しつけて。私はサトシの母親なのに。もっと、堂々とサトシを可愛がってやらなきゃならなかったのに…そうしたかったのに…」

母はすすり泣きながら話しているようだった。いつもは、父の前では母は泣かない。泣くと父がよけいに怒るからだ。しかし、今、母は父の前で、父に向かって、すすり泣きながら話続け、それに苛立つはずの父の怒声は聞こえなかった。父は、黙って母の話を聞いているのだろうか。

泣いているのは母だ。それなのに、なぜ、涙はぼくの目から流れてくるのだろう。ぼくは眠ったふりをして閉じた瞼の隙間から流れる涙が枕を濡らすのにとまどっていた。そして、考えていた。

そうだ、母の言うとおりだ。ぼくは姉とはしゃべることができた。あの蛇娘と話せたように。

あの二人は、ほかの人とどこが違うのだろう。

ぼくはすぐにその問いを打ち払った。

あの二人が、ほかの人とどこが違うかって？　それはすべてだ。ほかの人と似ているところを探す方が難しい。どこも似てやしない。あの二人は、特別な何者かなのだ。風に乗ってどこかへ旅だってしまう、だけど、ぼくの夢には自在に現れてぼくをもう一つの世界へと連れ去ってくれる、そんな特別な何者かなのだ。

特別な人だから話すことができ、話すことができたことでさらに二人は、ぼくにとってかけがえのない存在になったのだろう。蛇娘のことを思い出すと、ぼくはいつも胸の辺りが熱くなる。そして、今、姉のことも、思うだけで胸いっぱいに温かい思いが満ちてくるのだ。

そうだ。突然、ぼくは思いついた。姉に、あの蛇娘のことを教えてやろう。姉は手紙をくれると言った。父と母には無事にやっていると知らせるために。そして、ぼくには、姉が見たことやしたことを伝えるために。

その手紙が来たら、返事を書こう。その返事に、蛇娘のことを書こう。あの口上の男が語った蛇娘の不幸な物語、そして、ぼくが出会った、ちょっと高慢そうで意地悪なところもあったけれど、まっすぐぼくを見つめ率直にものを言う、だれが何と言おうとぼくには十分美しかった娘のことを。

姉は、その娘のことを芝居にしてくれるだろうか。その芝居の中で、蛇娘は笑い、はばたくだろうか。ぼくの夢の中でのように。

いつしかぼくは眠りに落ち、夢の世界に入っていた。この夜の夢は、これまでにないほど楽しくきらびやかだった。

朝食の後、母が隣町の病院に行こうとぼくをうながした時、ぼくは驚かなかった。びっくりしたらしい祖母が、父を窺いながら、「そう決めたかね、それはいい」と言った。父はむっつりとしていたが、何も言わなかった。何か考え込んでいるときの癖で、朝食の片付いた食卓で、一人冷めたお茶を飲んでいた。

母は改まった時に着るお決まりのスーツに身を包み、ぼくも新しいポロシャツに着替えさせられた。

バス停への道すがら、早足で歩く母に遅れないようにとついていくうちに、ふいに母はぼくの手を掴んだ。母がぼくの手を握りしめたままなので、ぼくたちは歩調にあわせてその手を振りながら歩いた。それはずっと幼い頃によくしていた、母と歩く時の癖だった。

やがてバス停に着くと、隣町へと続く道を、乾いた土埃をたてながらバスがやってきた。

風の午後

午後に向かい、空気は重く淀んでいた。台風が近づいているらしい。風に煽られる樹々の咆吼が窓ガラスを打ち、電線の、悲鳴に似た鋭い唸りが教室内を駆け抜ける。十六、七歳の少年少女で占められている教室は、誰からともなく湧き立ってくる苛立った空気に満ちていた。

英語教師・高杉の流暢な声は生徒たちの頭上を抜け、時折起こるチョークの軋みが教師と生徒たちの神経を逆撫でた。

チャイムが鳴る。高杉は息をつき、黒板の上高くかざしていた手を下ろした。続いて起こる生徒たちのざわめき。そのざわめきが、教科書やノートを片付ける音であり、授業を終えた気の弛みから起こるささやき声や笑い声であるのを確かめ、高杉は教室を出る。

異常なし。大丈夫——。

年毎に名門校としての評価を高めているこの高校は、それが進学率の良さで支えられているのを裏付けるように、学業に熱心な生徒たちが集まっている。地元の様々な少年少女が通っていた以前の赴任校でのように、このような颪の吹く午後、校舎のあちこちでやりきれない想いを抱えた生徒たちの石飛礫に窓ガラスが割れるようなことは、ここでは起こらない。

それでも、このような日、高杉は自分の年齢の半分にも満たない若者たちを前に、どうしても気を張ってしまう自分を感じ続けてきた。私語の少ない教室で、黒板と教師の顔と、手元の本やノートの間を行きつ戻りつする彼らの、ふとした折りの眼差しに、訳もなく危険の予感を覚えてきた。

いや、訳はある。高杉は思う。彼らは十六歳だ。十七歳だ。それが、訳だ。

窓ガラスは割られず、トイレの隅にタバコの吸い殻が小山を作ることもなく、校舎の裏で秘かに暴力が振われることもない。そんな静かな学校の中でも、生徒たちの一人一人は表に見せているままに明るく悩みがないわけではない。かつて彼は、このような日にふと暗く深い眼差しを見せた若者が、次の瞬間には身を翻し、教師たちの手の届かない世界に駈け去って行ったのを時折見てきた。

彼らの変貌は徐々に起こっている。しかし、気づく時にはいつも、既に変貌を遂げ終えた姿で鮮やかに立ち顕れるのだ。

風が吹く。ページを捲る。単調な文字が規則正しく刻まれていると思われていたノートが、次の強い風の一吹きで白紙のページになっている。その後は、白紙、白紙、白紙。そしてノートの主は不在となる。

教室に出来てしまった一つの空席に、高杉は自分の迂闊さを思い知らされている。二、三週間前までその席で無邪気な女生徒を演じていた彼女が姿を消したのも、こんな風の日のことではなかったか。では、つい先ほどの授業中、唇を強く結んで砂埃の舞い立つ校庭にとりとめのない眼差しを向けていた少女、彼女の中にも消えた少女と同じ想いが育まれていないと、誰に言えるだろう。

そうだ、もう一度彼女と……。

高杉は物思いの出口を見いだした。

もう一度、彼女と話してみよう。いや、彼女の話を聞いてみよう。消えた少女と一番仲の良かった、彼女の話を。

※

ちかごろ、私、ぼんやりしている。そう麻美は思う。ぼんやりしているうちに十分間の休み時間は過ぎ、今日の最終授業が始まっていた。

絶えず教室中の視線を惹きつけようと余念のない歴史教師。まだ若い彼の声や身振りは威勢よく、様々なエピソードを織り交ぜて進行する授業は面白い。ただ、話の合いの手のように挿まれる彼の口癖は気に入らない。……この年号（あるいは人名、あるいは地名）は覚えておくんだぞ、よく入試に出るからな。

いつしか、真っ直ぐ前を向いていながら、麻美の目は教師も黒板も映していない。そう気づいて視線が流れる。窓の外。揺れる樹々、砂埃に煙る校庭。長い塀の向こうの家並み、そして、空。変わり映えのしないそれらの光景を、麻美は見飽きることがない。おそらく、それらの光景は、日毎季節を深め、刻々とその色を変えているのだろう。

しかし、今日の風。

麻美に、見よとばかりに景色を揺り動かし、聴けとばかりに唸り続けているように思われる。

見て、聴いて、そしてそれから？

麻美はぼんやり考える。

そして、それから？

その問いは、いつしか消えた友に向けられる。

ねえ、由紀、見て、聴いて、そして、それから？

突然のことのように、チャイムが鳴った。その音は麻美の耳の奥に突き刺さり、鳴り響く。歴史教師は軽く一つ咳をして、生徒たちを眺めた。授業を終える前の、それが彼の癖だ。そうして彼はおもむろに今日の授業の概略を振り返り、授業の終了を告げる。

教室を出る間際になって、彼は振り返り、ついでのことのように麻美に言った。

「ところで、川瀬。この後、職員室に行くように。高杉先生がお呼びだ」

麻美は、はい、と口の中でつぶやいた。同時に、また……という言葉が、憂鬱な響きをもって彼女の胸の中を転がった。

※

少女は神妙な顔をして、担任教師の前に立った。

「話というのは、ほかでもないが……」

高杉が口を開き少女を見ると、少女は真っ直ぐ彼を見返した。何の秘密もなさそうな、そのくせ、自分一人の思いをしっかりと閉じこめたような目だ。

あの岡野由紀もそうだった。この年頃の少女たちは、皆、そうだ。

少女の眼差しに自分の方がたじろぎそうになりながら、彼は言葉を継いだ。

「…その後、何か変わったことはなかったかね？」

「岡野さんのことですか？」

「ああ」

少女は小首を傾げる。高杉は言う。

「彼女から、何か連絡でも…？」

今度は少女ははっきりと首を横に振る。

高杉は思わずため息をついた。こうした会話からは何も生まれてこない。彼の質問に、少女はうなずく、あるいは首を横に振る。彼にはその答えが果たして真実なのかどうかさえわからない。彼が望むのは、こうした会話ではない。それでも彼は問い続ける。

「君の考えはどうだね？…なぜ、彼女は突然いなくなってしまったのか、今、彼女がどこで何をしているか、もしかしたら、君には見当がつくんじゃないかな。君たちは中学時代からずっと一番の仲良しだったんだろう？　もし、私や彼女の家の人たちの知らないようなことで、思い当たることでもあれば……」

ふと彼は言葉をとめた。今は、少女の目は伏せられ、頑なな表情で床の一点を見つめていた。そして、つぶやく。

「私、知りません。何も」

何も知らないのか。それは気の毒なことを言った。そういう思いと共に、彼の胸の内にはもう一つの苛立った思いが湧く。

本当に、何も知らないのか。では、君たちのあの仲の良さは、一体何だったのだ？

少女が突然消えた。正確に言えば、家に戻らなくなった。まず、事件か事故が疑われたが、やがて少女からの電話が家族にあって、その疑いは消えた。警察の捜査も家出少女の捜索に切り替えられた。しかし、高杉にとって、少女の失踪は、依然として謎のままだ。岡野由紀は、表向き、何の問題もない生徒だった、と彼は思う。クラスメートや家族の意見もそう一致している。内側のことは、わからない。わからないが、彼女は去った。ということは、あるいは今、目の前に立つ、いかにも少女らしい、高校生にしてはむしろ幼ささえ感じるこの少女も、そうするかもしれないということだ。また、教室で一見何の屈託もなさそうに笑いさざめいている少年少女たちの誰もがそうするかもしれないということだ。

「……一体、最近の君たちくらいの子は何を考えているのだろうね」

誰でもが口にしそうなその台詞は、独り言に近かった。

「一体、何を考え、どんなお喋りをしているんだろうね」

少女は黙している。

また颪の音が高くなった。風に鳴る窓に目を向けると、風は校庭の土を吹き上げ、窓ガラスは土埃で白くなっている。放課後のグラウンドにいる運動部の生徒たちの姿が、土煙で霞んで遠く小さく見える。彼らのあげる掛け声や歓声が、颪の音と溶け合ったうねりのような音となって高杉の耳に届いていた。

「……教えてくれないか……」

高杉は言う。しかし、そのあとの言葉は声にならない。彼は聞きたかった。今、こうして颪を見、風を聴き、君たちくらいの子は、いや、君は、何を思っているのか、と。

やがて教師は言う。

「もういい。すまなかったね、何度も呼び出したりして」

少女はほっと表情を緩めると、礼儀正しいお辞儀をして高杉の前から去った。その後ろ姿が消えないうちに、高杉は悔やみ始める。悔いは少女の姿が消えてもなお募り、彼は今日の面談が全くの徒労に終わったことを意識した。

彼が今日尋ねたかったのは、不安に思い気遣ったのは、既に去ってしまった少女のことではなかったと、今、気づく。残された少女。去った友の後ろ姿を見つめている少女。彼女の今にこそ、彼は不安を感じていたのだった。彼は、今しもそんな不安を払拭するための機会を逃してしまったことを知った。

「川瀬麻美、ですか」

向かいの席から、それまで話を聞いている素振りも見せなかった同僚が声をかけてきた。

「なかなか難しそうですな、あの子も」

※

近頃、私、どうかしている。全くどうかしている。

麻美は気まずいままに終わった担任との会話を思い出しながら、軽くコツコツと頭を叩いた。頭の中に真綿が詰まっているような疲労感があった。

多分、先生はわかってくれない。私が話す術を持たないのは、先生に対してではなく、自分自身に対してなのだけど。

麻美はグラウンドを横に見ながら校門に向かった。グラウンドは、風の中、あちらこちらでボールを追う少年少女たちで活気に満ちている。突然、目の前にテニスボールが落ちてきた。ビクンと足を止める麻美に、ボールを追って走り寄ってきた少女の弾んだ声。

「ごめんなさーい！」

少女は素早くボールを捕らえると、きびきびした身のこなしでテニスコートの方に戻った。

部活、か。

麻美は少女の後ろ姿を見ながら思う。

せめて、部活にでも入っていれば、よかったのだろうか。

しかし、何がどうよかったというのだろう。今が、どう悪いのだろう。何も悪いことなんて、ありはしない。

麻美は自分にそう答え、テニスコートから視線を引き剥いだ。

何も悪いことなんて、ありはしない。


校門を抜け、足早に家へと向かう。多分、一人で歩いているせいだろう、麻美は風の音ばかりを聴いている。こんな風の午後には、誰だって得体の知れない苛立った思いにとらわれるのだ、きっと。麻美は思う。今でも覚えている。幼いころ、こんな日には、一人でいるのを畏れて母の後を追って回ったものだった。多分、高杉先生が私を呼びだしたのも、この風のせいなのだ。由紀が突然行方をくらませたのも。あの日も、風が強かったのだ。きっと。

そう言えば、貴史の遠吠えを聞いたあの日も……。そうだ。今ならはっきりわかる。貴史のあの声は、あれはまさに風の声に応える遠吠えだったのだ。

その時、麻美の足がとまった。目の前に、たった今思い浮かべたばかりの貴史が立っていた。

「やあ」

貴史はぶっきらぼうにそう言うと、口元だけでニヤッと笑った。

「帰るんだろ？　途中まで一緒に行こう」

麻美はうなずき、再び歩き始めた。

貴史はますます生意気になる。麻美は傍らを歩く少年をチラリと横目で眺め、そう思う。幼い頃はよく一緒に遊んだ一歳違いの由紀の弟は、いつの間にか麻美が見上げる程の体格になっていた。その上、幼いころのままに「ユキ」、「アサミ」と自分たちを呼び捨てにするので、由紀と一緒に貴史を弟扱いしてきた麻美としては、立場が逆転しそうで落ち着かない気分になる。

この前、貴史に会ったのは、由紀の失踪の後、由紀の母親から会いたいという連絡を受けて由紀の家を訪ねた時だ。その時、麻美はまだ気の動転している由紀の母から、まるで麻美が由紀の家出の共犯者ででもあるかのような扱いを受けたのだが、その後、麻美を家まで送ってくれた貴史は、思いのほか落ち着いていた。

彼は「ごめんな」と母のことを詫び、「由紀のこと、あまり気にするなよ、気にしたって、どうしようもないもの」と麻美を慰めた。そうして、彼独特の醒めた口調でぼやいたものだ。

「それにしても、オレ、ワリ喰っちゃったな。今までは由紀が我が家の優等生だったから、オレ、安心して好き勝手なことをしてたのに」

全く、なぜ、家を出たのがこの少々拗ね者で攻撃的な行動力に満ちた貴史ではなかったのだろう。なぜ、由紀だったのだろう。

今、貴史は口数少なく麻美の傍らを歩いている。時折、麻美の話しかけに応じながら。

「お母さんたち、元気？」

「まあまあ、ね」

「貴史くんは？　学校、面白い？」

「まあね。面白いなんて言えるところじゃないけど、それなりに何とか、ね」

会話は弾まず、すぐに途切れる。麻美の帰りを待ち伏せしていたくせに、これといった用があるでもなさそうだ。これも風のせいか。麻美は思い、先ほど思い出していたことに心が戻る。それはちょうど一年ほど前のことだ。貴史は覚えているだろうか。

麻美は由紀の家の茶の間で、迫っている試験のためのノートを広げていた。と、突然妙な音を耳にした。その音が､音というよりは声のようだと気づくには間があった。その声らしきものは、高く、低く、断続的に響いている。

「何、あれ？」

声をひそめて尋ねる麻美に、由紀は肩をすぼめることもなげに言った。

「貴史よ」

「貴史くん？……で、何なの？」

「吼えてるのよ」

その声は、確かに二階の貴史の部屋から聞こえていた。よく意味のわからないまま耳を澄まし続けていると、やがてその声は止み、かわって階段を下りる足音が響いた。そして貴史が姿を現した。

「なんだ、アサミ、来てたのか」

由紀が応えた。

「そうよ。だから、あんまりみっともない声ださないでよ。知らない人が聞いたら驚くじゃないの」

貴史はばつの悪さを照れ笑いで隠し、二人の前の菓子皿に手を伸ばした。

「お、うまいな、このクッキー。これで紅茶でもあればな」

仲のよい姉弟だと思う。調子いいわね、と言いながらも由紀は、「私たちも、お茶にしようか」と、台所に立った。

紅茶を入れながら、由紀は貴史が勉強を怠けてばかりいることを詰った。

「貴史、今の調子じゃ、私たちの高校は無理だからね」

貴史は肩をすくめる。

「わかってるよ。もともと、無理して肌の合わない受験校に行く気、ないもの」

由紀が三人分の紅茶を運んでくると、貴史はティーカップと一握りのクッキーを持って二階に引き揚げた。その後は、耳を澄ませても先ほどまでの奇妙な声は聞こえなかった。そのことが不思議と物足りなく思われ、替わっていつしか風の音に耳を傾けていたことを、麻美は覚えている。高く低く響く風の音は、先ほどの貴史の声と同じ波長を持っていた。

話らしい話もしないまま、貴史の家への曲がり角は過ぎ、やがて麻美の家が近づいてくる。麻美の家に入る路地の前で、貴史は立ち止まった。

「じゃ、オレ、帰る」

いともあっさり貴史は言うと、今来た道を戻って行った。麻美は我が家を目の前にしながら、なぜか取り残された気分で貴史の後ろ姿を見送った。


麻美は二階の自分の部屋に上がると、勉強机の上に通学鞄を投げ出した。窓を開くと風にカーテンの裾が翻った。窓からは細い道が見える。たった今、麻美が通って来た道。そして由紀を最後に見た道。由紀が軽い足取りで家から出て、四つ辻の手前で振り返り、大きく手を振り、そして身を翻して去った道。

麻美はベッドに身を投げ出して考える。なぜ、由紀はいなくなったのか。今、どこで何をしているのか。

窓から吹き込む風は、カーテンを波打たせ、窓の向かいの壁のカレンダーをぱたつかせ、みるみるうちに室内の空気を戸外と同質にしていく。ドア一枚で孤立した城となり、窓一つで戸外に繋がるこの部屋を、由紀は気に入っていた。

麻美のこの部屋で、由紀は麻美同様にくつろいで、床に足を伸ばしたりベッドに寝そべったりしたものだった。

一度、悪戯に煙草を吸ってみたのも、この部屋だった。煙草は、貴史が秘かに吸っていた現場を見つけ、叱りとばして没収した。そう言いながら、由紀はちゃんとマッチまで用意していて、くわえた煙草に火をつけた。唇をすぼめ、そっと吸う。煙草の先が、赤く瞬く。途端に由紀は苦しげにむせ返り、煙草を麻美に突き出した。麻美もそっと吸ってみる。口の中いっぱいに、いがらっぽい苦みが広がった。そして、やっぱり苦しく咳き込んだ。

二人して咳き込んだ顔を見合わせ、その互いの顔がおかしくて笑った。咳と笑いに喉を詰まらせながら、二人はいつか、互いの身体に寄りかかり合っていた。咳が収まっても、クックッとこみ上げてくる笑いは止まらず、凭れ合い密着した部分で由紀の笑いの振動を受け止めながら、麻美もまた身体で笑いを伝えていた。

——なぜ、ああまで笑い続けたのだろう——。

やがて笑いやんだとき、二人は深い吐息で呼吸を整えながら、笑い疲れた身体の重みを互いに預け合っていた。

煙草は麻美の指の間で灰を崩しながら静かに燃えていた。その薄青い煙を見つめているうちに、ふいに自分の身体に密着しているもう一つの身体を意識した。初めて意識して感じる、他人の熱と質。しかし、その他人は自分によく似ていた。そうだ。時々、由紀と二人でいることは、自分一人でいることに似ていた。

※

立ち寄ったコンビニのレジで明るく「ありがとうございました！」と言った店員は、アルバイトだろうか、随分若かった。もしかしたら麻美たちと同じくらいの歳かも知れない。

そうなんだ。麻美は気づく。麻美の高校ではアルバイトは禁止されているが、中学時代の同級生でアルバイトをしている人は結構いるし、数人ではあるが、就職した人もいる。私たちは、そういう歳でもあるのだ。

由紀も、今、どこかで仕事を得て働いているのかも知れない。そうでないとは、誰にも言えない。

そういえば……。

—香月聡子さんって、覚えてる？

いつだったか、由紀が言ったことがある。麻美にとっては、顔と名前が一致する程度にしか覚えがなかったが、由紀の方は一年生のとき同じクラスだった少女だ。ただし、一学期だけだった。

夏休みが終わり新学期が始まったとき、教室に彼女の姿はなかった。退学したのだと、担任の教師はクラスに伝えたという。休みがちではあったけれど、ごく普通に高校生活を送っていたのに、と、その当時、由紀はさかんに首を傾げていた。

——偶然なんだけど、彼女に会ったわ。パン屋さんでバイトしてた。元気そうだったわ。

確か、駅前のパン屋さんだと言っていた。由紀は、香月聡子に会って、どうしたのだろう。会っただけ？　言葉を交わした？　お喋りした？

私の一番の友達は、由紀だった。だけど、いつも一緒だったわけではない。私には私の、そして由紀には由紀の時間がある。もしかしたら、由紀は香月聡子と、親しい時間を持っただろうか。

会ってみよう。コンビニを出て歩くうちに、麻美の心は決まっていた。

次の土曜日のことだった。

焼きたてのパンの甘い匂いが立ちこめる、駅前の小さなパン屋。麻子が日曜の朝食用にと選んだクロワッサンをトレイに載せてレジの前に立つと、レジの少女は口の中で小さく「あ」と言った。小首を傾げ、ためらいがちに尋ねてくる。

「川瀬…さん？」

「あ…。覚えててくれたんだ。香月さんよね？」

同じクラスでもなく、ほんの数ヶ月しか学校にいなかった香月聡子が麻子を知っていたことは、麻子には少し意外だった。麻子の方で香月聡子を知ったのには理由がある。由紀を訪ねて教室を覗いたときなどに時折目にした彼女が、クラスの中でどこか目立っていたからだ。騒がしい休み時間の教室で、彼女のまわりだけはしんとした空気に包まれているようだった。この年頃の少女にありがちなはしゃいだところがなく、大人びた印象があった。だから、彼女が退学したと聞いたときには、なぜ？　と驚いたものの、心のどこかには、そうなのか、やめたのか、と納得するところがあった。学校は、彼女にとって、あまり居心地のいいところではなかったにちがいない。

聡子はてきぱきとパンを袋に入れ、レジを打った。「ありがとうございました」と明るい声で麻子に袋を手渡す。そして言った。

「岡野さんの行方、まだわからないの？」

麻子は目を見張った。

「知ってたの？　由紀がいなくなっちゃったこと…」

「うん。学校は辞めたけど、友達とは時々会ってるから、噂で聞いた。岡野さんも、たまに買いに来てくれてたのよ」

「そうだったの」

麻子は正直に言うことにした。

「実は、私も、あなたがここでバイトしてるって、由紀にきいたの。由紀がいなくなって、ふと、そのこと思い出して……あなたに会ってみたくなって……」

聡子はうなずき、壁に掛かっている時計を見て言った。

「今日は三時までなの。それからでよかったら、ちょっとお喋りしようか」

駅前の広場のベンチで待っていると、ほどなく聡子が現れた。

「心配ね。岡野さんのこと」

聡子の口振りはさりげなく、麻美はいつになく素直な気分で由紀のことを口にすることができた。

「うん、心配。彼女、何にも言ってくれなかったから」

聡子は優しい目で言った。

「私も学校辞めるとき、誰にも言わなかった。一人で考えて、一人で決めた。あとで仲良しの子たちに、さんざん詰られたわ。友達甲斐がないって。あなたも叱ってやればいいわ、今度会ったとき」

「そうね…」

今度会ったとき、という言葉が胸に滲みた。今度、とはいつだろうか。

「あなたは今、後悔してない？学校辞めたこと」

言った途端、ぶしつけ過ぎたかと思ったが、聡子は気を悪くした風もなく、う〜ん、と考え込んだ。そして、考え考え答える。

「辞めないにこしたことはないけどね。私の場合は、選ぶ余地なし、って感じだったから。とにかく、学校に行くのが辛かったから。今になってみると、どうしてそんなに辛かったんだろうと不思議なんだけど。今は、昼間、パン屋さんでバイトして、夜、定時制高校に通ってる。今年、入学し直して、今、もう一度一年生やってるの。きつい道選んじゃったかなあと思わなくもないけど、今の生活の方がずっと私らしくやれてるから、いいのかな」

そこで聡子は身体ごと麻美の方を向き、目を輝かせた。

「それにね、今の方が、勉強もきちんとしてるの。結構、勉強も面白いとこあって、大学が自分の好きな勉強のできるところなら、進学もいいかな、なんてね」

「そうなんだ……」

麻美は気になっていたことを尋ねた。

「由紀とも、こんな話、したの？　由紀も、学校、きつかったのかしら？　ううん、由紀は学校だけじゃない、家からも、それまでの何もかもから抜け出しちゃった」

聡子の顔が翳った。

「実はね…」

聡子は口ごもりながら言葉を継いだ。

「岡野さんに、聞かれたことがある。どうやって家の人を説得したの？　って」

麻美は聡子を見返し、次の言葉を待った。

「色んな人に、色んなことを言われたり聞かれたりするけど…よく思い切ったねとか、不安じゃないの、とか、これからどうするつもり、とか。後悔してない？　とかもね。…彼女の質問には、何だか具体的なことを聞くなあって思ったこと、覚えてる。彼女も家の人をどうやって説得しようかと悩んでいることがあるのかなあって」

「で、どう答えたの？」

聡子はゆっくりした口調で、言葉を探し探し話しだした。

「私の場合は、体調にきちゃったから…。朝になると頭痛、腹痛がひどくて。どんな病気が隠れているかと、あちこち病院で診てもらったりもしたの。夏休みになって、嘘のように頭痛も腹痛も起こさなくなって、ああ、原因は学校か、と。それで両親に学校を辞めたい、と言ったわけだけど、最初に言ったときは、勿論、反対された。親たちは頭から、学校は行くものだ、と思いこんでたし、体調がよくて学校に行けたときは、それなりに問題なく学校生活やれてたし。それに、高校辞めてしまったら一体どうなるのか、見当もつかなかったし。でも、一度、〈ああ、私は学校に行くのが辛かったのだ〉とわかってしまったら、もう学校には戻れなくて…」

聡子は言葉を切った。しばらく、思い出すかのように考え込み、遠い目になると再び話し始めた。

「私、弟がいるの。まだ小学生。生き物を育てるのが好きな子で、今は金魚と、ハムスターを飼ってる。ちょうどあのころは、飼育箱に楠の枝を入れて、アオスジアゲハを卵から育ててた。夏休みも終わりが近づいて、学校を辞めたい私とそれを許さない両親が険悪な状態になっていたころ、さなぎが蝶になったの。その時は家族みんなで熱心に飼育箱覗いて、しわくちゃの羽がゆっくり開いていくのを見守ったわ。で、母は弟に言ったの。蝶になったのだから、外に放してやりなさいって。弟はイヤだって。僕のだ、と飼育箱を抱え込んで。でも、時が経つうちに、蝶はだんだん羽を痛めて弱っていって……とうとう母は弟から飼育箱をもぎ取るように奪って、蝶を庭に放したの。蝶はふらふらしながら飛んでいって、弟はわあわあ泣き出して……その弟を叱りつけながら、突然、母は私に言ったの。もういいからって。もう学校に行かなくていいって」

「……飼育箱の外に、出してもらった……？」

「そうなのかも。……私、岡野さんにこの話、しちゃった。彼女が家出したと聞いて、そのこと思い出して、ちょっと気になっちゃった。彼女は一体どこに飛んでいっちゃったんだろうって」

話し終えた彼女の声は、沈んでいた。

「あなたが気にすることないわよ。だって、あなたはあなた、由紀は由紀なんだもの」

麻美はそう言うのがやっとだった。

「そうだよね」

聡子も言った。そしてつぶやいた。

「反則だよね。こんなふうに、こちらが一方的にあれこれ考えるしかないようなことにしちゃって」

※

玄関のチャイムが鳴った。台所で火を扱っていた母に促されてドアを開け、来客の姿を確かめた麻美の目が大きく見開かれた。

「一体、どうしたの？」

トレーナー姿の、泥まみれの貴史がそこにいた。走ってきたらしい。肩で息をしている貴史は呼吸を整えながら切れ切れに言った。

「部活の途中なんだ。ランニングでこの近くまで来たんで、ちょっと寄ってみようかと…」

麻美があまりまじまじと見続けるので、貴史は言い訳がましくつぶやいた。

「突然、ごめん。別に用があったわけじゃないんだ」

麻美はあわてて家にあがるよう勧めたが、貴史は部活の途中だからと断った。

「部活なんて、貴史君、やってたっけ？」

「入ったんだ。二週間程前にね」

「何やってるの？」

「サッカー」

「ふうん…。中途入部って、きついんじゃない？」

「オレたちのサッカー部、たいして強くないし、部員も少ないから。夏頃から誘われてたんだ。……来月の試合にはレギュラーで出れるかもしれない」

そうだった。貴史はもともとスポーツは得意だった。

「そう、いいわね」

つぶやいて、麻美はその言葉に熱がなく、むしろつまらなさそうなのに気づく。貴史も気づいて、苦笑した。

「いいかどうか、わかんないけどね」

麻美は急いで言った。

「あら、いいわよ。素敵だわ」

「多分、ね」

自分に言い聞かせるような貴史の言葉に大きくうなずいてみせながら、また麻美の心につまらない、という思いが湧いてくる。その思いには馴染みがあった。例えば、当然麻美たちの高校に進学するものと思っていた貴史が他の高校への進学を決めたとき。由紀の家に行くと、貴史の方には貴史の友人が来ていて二階を占領していたとき。そしてこの前も、麻美を家まで送って来ながら話らしい話もせず、家の前まで来るとさっさと帰ってしまった貴史に、ぼんやりと今のような気分を感じていたような気がする。まるで取り残されてしまったような…。

結局、貴史は何のために訪ねてきたのだろう。すぐに「じゃ、もう行く」と背を向けようとする貴史にそう尋ねると、貴史は、はたと考え込み、笑った。

「そうだね。何でだろう?……やっぱり、ちょっと自慢しに、かな? オレ、部活始めたぜって?」

ほかのヤツらが学校に戻るまでに、追い付かなきゃ。そう言うと貴史は軽く手を振って、麻美の家を出た。

※

土曜の午後。

駅前のパン屋の前で、麻美は立ち止まった。入り口のガラス越しに香月聡子が見える。レジの前に二人の客がいる。

「ありがとうございました！」と聡子は営業用の元気な声を出し、出口に向かう二人を目で見送る。そして、ドアの陰の麻美に気づいた。

いらっしゃいませ、の代わりのように「はーい！　元気？」と言う。麻美は店内に入りながら、

「まあまあ。あなたは？」と言った。

「私は元気」

答えて、聡子は、クスッと笑った。

「安心した？」

きょとんとした顔になった麻美に、聡子は言った。

「全日高校の時の友達が時々来るけど、みんな口を揃えたように言うのよね。元気そうで安心し

たって。どうも私って、昼間の高校を辞めた者のケースその一、って感じで気にされてるみたいね」

私の様子を見て、高校辞めても、なんとかなるかなって思ったり、結構大変そう、辞めないでいよう、とか考える子もいるようだ、と聡子は笑いながら言った。

「なるほどね。……うん、私も、確かに、元気なあなたを見たくてきたのかも」

「私も、今日、あなたが来てくれて、ちょっと安心。……でも、あんまり元気じゃない？」

麻美はため息をついた。聡子に愚痴を言うつもりはなかったが、口を開くと気弱な愚痴っぽい言葉が出て来そうだった。

由紀がどこにいようと構わない。ただ、こんな風に、元気でやってるな、とわかる形があればいいのに。

「私、明日、休みなの」

突然、聡子は言った。

「映画に行こうかなと思ってるんだけど、一緒に行かない？」

「うん」

何の映画に行くのかも聞かず、麻美はうなずいた。そして苦笑する。

「私、今、そんなに元気なく見える？」

「少し、ね」

やっぱり？　と思いつつ、麻美は聡美のそんな気遣いと率直さに、由紀と同じものを感じていた。

「あ…。今、気づいちゃった…」

麻美はつぶやいた。

「香月さんって、少し由紀に似てる。そして、私は、ちっとも由紀に似ていない」

聡子は首を傾げた。麻美はたった今気づいたことを整理するようにゆっくり話した。

「私と由紀って、いつも一緒にいて、よく似たもの同士のように言われてたけど……。よく考えてみれば、ちっとも似ていない。例えば、どこかに行くにしても、行こうと言い出すのは、いつも由紀の方だったわ。何につけても、由紀の方が積極的で行動的だったような気がする。私の方は、いつも受け身で……」

聡子がさえぎった。

「そんな比べ方って、意味ないわよ。現に今、私があなたを映画に誘ったのだって、あなたがここまで来てくれたからなんだし」

そうね、とうなずき、明日の待ち合わせの約束をし、パンを何種類か買い、その一方で麻美は考え続けていた。由紀は私と同じではない。もしかしたら、私が自分を基準に考えているよりも、ずっと大人だったのかも知れない。だとしたら、私にとっては見当もつかないここではないどこかで、私が想像するよりずっとうまく、何とかやっているのかも知れない。

この考えに、麻美は縋りたかった。由紀について、自分を基準に考えることをやめる。多分、由紀は私よりも、ずっと強く賢い。

麻美は、もしも自分だったら、と我が身に置き換えて考えることの暗い展開に疲れていた。

※

冬が深まっていた。

校門を抜けたところで、麻美は立ち止まった。貴史がいた。まっすぐ麻美を見ている。麻美は即座にこれからのことを予想する。貴史はニヤッと笑い、ヤア、と言うだろう。そして、一緒に帰ろうと誘うだろう。麻美は貴史と肩を並べて歩くだろう。

しかし、麻美の予想ははずれた。貴史は笑いかけない。ヤア、とも言わない。貴史が妙に強張った顔でただ麻美を見ているので、麻美の方が言った。

「私を待ってたの？　一緒に帰る？」

貴史はうなずき、二人は肩を並べ歩き出した。

「部活は？」

「やってるよ。今日は休んだけどね」

「楽しい？」

「まあね。がむしゃらに身体を動かすのはいいね。くたくたになるのもね」

「…いいわね」

信号のある交差点で二人は立ち止まった。四つ辻の隅に風が小さな渦を巻いていて、その中で枯れ葉が舞っている。信号が変わった。車の流れが変わり、風も変わった。宙に舞っていた枯れ葉は風に吹かれて飛んでいった。二人は青になった横断歩道を渡る。そのとき、麻美は貴史が腕時計を見るのに気がついた。

「急いでるの？」

いや、とつぶやき、貴史は言った。

「まだいい。もう少ししたら、家に帰っていなきゃ。実は今日、オレんちの両親、千葉に行ったんだ。飛行機の切符が二枚しか取れなかったからオレは留守番。今日、部活を休んだのも、そういう訳」

「どういうこと？」

窺い見た貴史の横顔は、今日出会ったときのままに強張っている。

「警察から、電話があった。房総の海で水死体があがったって。……由紀かもしれないって」

麻美の足が止まった。体中がガタガタ震えだした。

「かも知れないってだけさ。違うかもしれない。ゴメン、言い方、まずかった」

貴史に肩を押されて、止まっていた麻美の足が前に出る。しかし、身体の震えは止まらなかった。

「乗り継ぎがうまく行けば、五時過ぎには千葉に着くことになっている。その後、結果がわかるまでにどのくらいかかるかわからないけど、わかり次第、電話で知らせてくれることになってる。

家でじっと電話を待っているつもりだったんだけど、落ち着かなくって。麻美に知らせない方がよかったかな、まだ何もわかっていないのに」

「ううん。知らせてもらって、よかったわ。何も知らないでいるのはイヤ」

麻美は貴史に遅れがちになりながら歩いている。身体の震えは、収まるかと思えばまた奥底から湧き起こり、その都度、麻美は通学鞄を持つ手を替えた。

やがて曲がり角にさしかかり、貴史は立ち止まった。由紀の家と麻美の家との別れ道だ。

「家まで送るよ。結果は、電話が来たらすぐ知らせる」

麻美は首を横に振った。

「私も電話を待つわ」


誰もいない家は、寒々と静まり返っていた。貴史は音高く襖を開け、麻美を茶の間に招いた。

二人は炬燵を挟んで坐り、麻美はかじかんだ両手を擦りあわせて温めた。

海は、さぞ冷たいことだろう。ふとそんな想いが脳裏をよぎり、麻美はあわててその想いを振り払う。まだ由紀と決まったわけではない。由紀であるはずがない。

「ここに来るの、久しぶり」

「そうだね。半年近いのかな」

「半年……」

二人は時計の針を気にしながら話をする。時を埋めるための話。貴史は珈琲を入れたり菓子を探し出したり、落ち着かない。一方、炬燵に入ったきりの麻美は、珈琲に少し口をつけたきり、菓子に手を出す気にもならない。家に電話を入れておいた方がいいだろうか。時計の針が進むにつれそんなことも思うが、電話に立つ気にもなれない。時計が六時を回るころには、麻美は貴史が何を言い、自分がどう言っているのかも上の空になっている。

電話が鳴った。

一瞬、二人は顔を見合わせる。貴史が立つ。

「はい、岡野です。……母ですか？　母は今……」

電話の受け答えをしながら、貴史は麻美に首を横に振ってみせた。

電話を終えた貴史は、何も言わず炬燵に潜り込んだ。麻美と目が合い、苦笑する。今日初めて見る貴史らしい顔だ。

「疲れるね、こうしてるのも」

「うん」

「トランプでもしていようか」

「うん」

しかし、貴史はトランプを取りに立とうとはせず、麻美も促さない。二人は身体を丸くして、炬燵の上で組んだ腕に顎を乗せ、炬燵の上の何もない一点をみつめていた。二人とも金縛りにあったように身動き一つせず、視線さえ動かない。もう時計を見ようともしなかった。やがて鳴った電話のベルで、貴史がゆっくり立ち上がった。

「はい……あ、親父……」

麻美の身体がビクンとなる。思わず背筋が伸び、受話器を持つ貴史の顔を見つめる。と、貴史の顔が緩み、麻美に微笑みかけてきた。そうして受話器に向かってやわらかい声で話す。

「そうか、良かった。良かったよ。……うん…うん…わかってる」

電話の向こうからは、由紀の両親の堰き止められていた想いが注ぎ込んできているのだろう。貴史の方はほとんど返事ばかりのその電話は長かった。やがて電話を終え受話器をおろした貴史は大きく息をついた。麻美もほっと肩の力を抜く。二人は微笑みあった。

「由紀じゃなかった」

「良かったわ」

「うん、良かった」

しかし、二人はどちらも、互いの顔に晴れ晴れとした表情は見いだせない。二人とも、知ってしまったのだ。つまり、由紀が消えたのは、こういうことだったのだ。わからないということ、その不安を、二人は今日、今さらのように突きつけられたのだった。そして、その不安は、今、一応打ち消されはしたものの、決して消えたわけではない。単なる延期に過ぎない。決して癒えることのない傷のように、この不安はこれからもふとした折りに二人を苛むことだろう。

「良かったわ、由紀じゃなくて」

もう一度そうつぶやいた麻美の脳裏に波立つ海の光景が浮かんだ。その海は、麻美が実際に目にし馴染んでいる海よりも暗く深い。房総の海は、その海よりも暗いだろうか。

「良かった。ひとまず、ね」

貴史もつぶやき、電話から離れると麻美の後ろに立った。そして麻美の肩に両手を掛けると、崩れるように膝を折った。

「行かないでくれよな」

貴史は麻美を抱き締め、耳元でささやいた。

「アサミは、あんなふうには行かないでくれよな」

眩暈を感じ、麻美は目を閉じた。由紀の姿が浮かんだ。遠ざかる後ろ姿。髪が、スカートの裾が、風に翻る。その後ろ姿は、麻美の瞼の裏側でどこまでも遠ざかり続ける。その眩暈の中で、麻美は抱きすくめる貴史の腕と、耳元で繰り返される「行かないでくれ」という声に、唯一縋り付ける確かさを感じていた。

「行かないわ」

やがて貴史に返した麻美の声が、麻美自身の頭の中を木霊した。

※

噂が流れた。

冬休みに古都を旅行したグループが岡野由紀を見かけたという。由紀は少し年上の青年と睦まじげに歩いていたという。噂は、数日のうちには由紀の家出は駆け落ちだったという話になっていた。

「岡野さんにそんな恋人がいたなんて、あなた、知ってた?」

興味津々といった面もちでクラスメートたちが尋ねる。

「まさか」

麻美の知る限り、由紀にそんな恋人などいなかった。それは確かだ。しかし――。ふと、麻美は思う。あの土曜日、麻美に手を振り別れを告げた後の由紀に、恋人は現れたかもしれない。あるいは、別の人生を歩み始めた彼女に、新しい出会いがあったかもしれない。そうかもしれない。そうであれば、いい――。

※

校舎の廊下の隅で、高杉は、おや、と歩みを止めた。彼の視界を一人の少女がよぎった。軽く手摺りの上に置いた手を滑らせ、少女は屋上へと続く階段を駆け上がっていく。その光景の何かが、高杉の心の琴線に触れた。

少女が階段を上っていく。軽やかに。それは見慣れた光景だ。校内の至るところで見受けられる光景だ。その光景の何が、彼の足を止めさせたのだろう。と、高杉の脳裏で突然、今、彼の視界から消えたばかりの少女が、別の少女の姿と重なった。

岡野由紀。

そうだ。彼女もちょうどあんなふうに、軽やかに彼の前から姿を消したのだ。その記憶が、彼の足を止めさせたのだ。そうとわかって、彼はまた歩き始める。今では名さえあまり思い出されることのない少女。しかし、彼女に通じるイメージは、少年少女のいるところどこにでも見ることができた。そして、そうと気づくとき、ひとときの足を止めさせるのだった。

窓の外を見ると、空は今にも落ちてきそうにどんより暗い。それにこの寒さ。名残の雪など降ってくるかもしれない。屋上に消えた少女は、すぐに上ったときと同じ軽やかさで戻ってくることだろう。あるいは、寒さに身を縮め、上ったとき以上の早足で。


麻美は屋上の寒風に身を曝し、遠くを眺めている。こうしていると、寒風は麻美の身体をくっきりと外気と分かち、麻美は自分の身体が内側に向かってどこまでも収縮していくような感覚にとらわれる。その感覚には不思議な充足感があった。

今ごろ、貴史はグラウンドでボールを蹴っていることだろう。聡美はパンの匂いに包まれて働いていることだろう。そして、由紀は……。

こんな瞬間、麻美はよくいつか見た光景を思い出す。窓を開くと細い道。軽い足取りで歩いていく由紀の後ろ姿が、四つ辻の手前で振り返る。由紀は大きく手を振り、そして身を翻して去っていく。その道の行き着くところは、麻美にはわからない。ただ由紀は、去って行く。麻美の想いの中で、繰り返し繰り返し去っていく。

麻美は留まっている。麻美は冷たい風に抗うかのように、留まり続ける自分の身体を抱き締めた。

灰色の景色の中を、淡雪が舞った。

おわりに

一九九五年春、創作の発表の場を求める仲間たちと、年二回発行の「ぽあん（おんなからの総合文芸誌ＰＯＩＮＴ）」を立ち上げました。以来、年に二回、小説を書き発表することが、私の生活の一部になりました。本書に収めた作品は、すべて「ぽあん」誌に発表したものです。

森原直子さん、松江みどりさん、渡邊桂子さんはじめ、「ぽあん」誌をともに楽しみ支えてくれているみなさんに感謝します。そして「ぽあん」の創刊を勧め、その継続に協力してくれた夫、大早友章にも。ありがとう！

初出一覧

「すれ違う人」　『ぽあん』37号　二〇一三年九月十日発行

「メスの行方」　『ぽあん』15号　二〇〇二年三月三十日発行

「約束の夏」　『ぽあん』39号　二〇一四年十月三十日発行

「明日　わたしは」　『ぽあん』14号　二〇〇一年九月二十日発行

「パタン…」　『ぽあん』40号　二〇一五年四月三十日発行

「健人、十歳」　『ぽあん』42号　二〇一六年五月三十日発行

「姉のいた夏」　『ぽあん』38号　二〇一四年四月二十五日発行

「風の午後」　『ぽあん』44号　二〇一七年七月十日発行

■著者　大早 直美（おおはや　なおみ）
1953年1月　愛媛県宇和島市に生まれる
松山市在住

■著書　『風のカナリヤ』（創風社出版）
『鳩棲む街で　風のカナリヤⅡ』（創風社出版）
『遠い羽音　風のカナリヤⅢ』（創風社出版）
『風の散歩道』文／大早直美　写真／武田直
（愛媛新聞サービスセンター）愛媛出版文化賞受賞

さなぎたち

2018年8月30日発行　　定価＊本体1600円+税
著　者　大　早　直　美
発行者　大　早　友　章
発行所　創　風　社　出　版
〒791-8068 愛媛県松山市みどりヶ丘9－8
TEL.089-953-3153　FAX.089-953-3103
振替 01630-7-14660　http://www.soufusha.jp/
印刷　㈱松栄印刷所　　製本　㈱永木製本

　ISBN 978-4-86037-262-0

大早直美の本

風のカナリヤ

定価一七〇〇円＋税

羽化する少年少女たちを描く長編小説【第一部】

ぼくは十二歳、妹は十歳、そして玲はその真ん中の十一歳だった。しかし、同時に玲は、男の子のぼくと女の子の妹の真ん中の何者かでもあった。「ママの望む子供になりたい」――少年として育てられた玲の願いは成長とともに破綻していく。

風のカナリヤⅡ

鳩棲む街で

定価一七〇〇円＋税

揺らぐ性にとまどいながら育まれる思春期の愛

ぼくの心が男か女か、それはぼく自身が一番知りたいことだった。なぜ、ぼくは、ほかの女の子たちのようじゃないんだろう――謎めいた転校生・玲をめぐり、中学生たちの日常に波紋が広がる。

長編小説【第二部】その後のカナリヤたち

風のカナリヤⅢ

遠い羽音

定価一七〇〇円＋税

封印された扉を押し開き未来へ飛び立つカナリヤたち

◆怖いと思った。知らなくていいことも知ってしまうかも知れないと思った。…でも、知りたい気持ちの方がどんどん強くなってきた―。（冴子）◆もう、知りたい気持ちを抑えるのはやめようと思う。自分のことを知るための努力をしてみようと思う。（玲）【完結編】